KU-600-162

Grand voyageur, esprit cosmopolite, Patrick Deville, né en 1957, dirige la Maison des Écrivains étrangers et Traducteurs (MEET) de Saint-Nazaire, et la revue du même nom. Son œuvre a été traduite en dix langues.

DU MÊME AUTEUR

Cordon-bleu
Minuit, 1987

Longue Vue
Minuit, 1988

Le Feu d'artifice
Minuit, 1992

La Femme parfaite
Minuit, 1995

Ces deux-là
Minuit, 2000

Pura Vida
Vie & mort de William Walker
Seuil, 2004
et « Points », n° P2165

La Tentation des armes à feu
Seuil, 2006

Equatoria
Seuil, 2009

Peste & Choléra
Seuil, 2012

Patrick Deville

KAMPUCHÉA

Éditions du Seuil

Citation en exergue extraite de
La Voix royale d'André Malraux
© Grasset, 1996

TEXTE INTÉGRAL

ISBN 978-2-7578-3001-7
(ISBN 978-2-02-099207-7, 1re publication)

Des cérébraux, reprit Perken. Et elles ont raison. Il n'y a qu'une seule « perversion sexuelle » comme disent les imbéciles : c'est le développement de l'imagination, l'inaptitude à l'assouvissement. Là-bas, à Bangkok, j'ai connu un homme qui se faisait attacher, nu, par une femme, dans une chambre obscure, pendant une heure.

Malraux

chez l'aviateur

À l'écart du village, j'ai posé mes sacs dans le bungalow sur pilotis du Viking. Des singes à moitié domestiqués mangent sur l'herbe les fruits qu'il vient de leur lancer. Sur une table un exemplaire du *Bangkok Post* de la veille. Assis à son bureau, le Viking tousse devant un ordinateur. Il est vêtu d'un paréo à fleurs, le torse colossal nu et ridé, les muscles avachis brûlés de soleil, les cheveux longs et blanchis, quelque chose d'un hippie très vieux. Il a finalement accepté de dresser pour moi des listes de lieux, de noms, de téléphones. Une longue pipe en ivoire sur son reposoir. Il a le corps qu'aurait eu l'aventurier Perken si Malraux l'avait laissé vivre encore. L'avait laissé devenir roi des Sedangs, comme Mayrena.

Depuis la terrasse, on voit les colonnes noires de la pluie à l'horizon sur les montagnes birmanes. La passe des Trois-Pagodes, tout au bout de ces lignes de chemin de fer construites par les Japonais pour attaquer l'Inde des Anglais. Vieilles images d'un cadavre par traverse, dit l'aviateur. La jungle émeraude engloutit dans sa masse spongieuse des locomotives noires, des rafiots échoués, des baraquements fantômes dont les cloisons béantes claquent aux vents des typhons. Les coolies morts des fièvres dans les marais du railway Siam-Cambodge. Dans le Kampuchéa démocratique des Khmers rouges, la déportation du Peuple nouveau. Les esclaves épuisés tombés le long de la ligne de Pursat. Et sur les grands murs d'Angkor où sont gravés les batailles, les éléphants pavoisés et les vaincus en convois, manquent les avions, les cuirassés, les rails, les locomotives noires.

À la sortie de la gare, j'étais descendu au bord de l'eau. Sur la rivière voletaient des papillons jaunes. S'abreuvaient des buffles. S'enflammaient des bougainvillées rouges. Vibraient des libellules. Si cette zone appartient à l'Indo-Chine, ce sont ici encore des histoires de l'Inde et de Kipling. À chaque kilomètre, on entendait martelés plus fort sous les boggies les vers dédiés à la reine. *Beneath whose awful hand we hold dominion over palm and pine...* Comme si Dieu leur avait confié les palmiers et les pins.

À Bangkok, les Chemises rouges lancent des autobus en flammes contre les blindés. Ils ont établi leur camp retranché autour du Victory Monument autrefois dressé contre l'ennemi français. La voiture du Premier ministre vient d'être mitraillée, l'état d'urgence décrété. Dans ce village aussi des insurgés, debout à l'arrière des pick-up balayés par la pluie, hurlent leurs slogans dans les mégaphones et brandissent des drapeaux, allument des fumigènes. Le vieil aviateur hausse les épaules. Il ne croit pas une seconde à leur victoire. Nous nous installons le soir dans des fauteuils en bambou devant une carafe d'alcool de riz. Bien qu'il m'ait offert l'hospitalité, mais comme à regret, en toussant et maugréant, il me reproche de n'être pas venu plus tôt. Maintenant c'est trop tard.

Il aurait préféré me rencontrer quand il pilotait à l'aveuglette les avions à hélices. Il emplit les verres et se racle la gorge. Les singes se querellent dans la nuit. Il s'est un peu adouci de soir en soir, lorsqu'il a constaté qu'elles m'intéressent, les vieilles légendes de l'aviation. La navigation à vue dans la pluie de la mousson même quand on ne distinguait rien à deux mètres et sans balise de radioguidage. Les yeux fixés sur l'aiguille du cap et celle de la vitesse et la montre au poignet, pour estimer le moment où il allait falloir plonger au jugé et crever le plafond bas des nuages, apercevoir la tête hirsute des palmiers à sucre et le damier des rizières, chercher les repères convenus, un pont, un lac, s'incliner sur l'aile jusqu'à trouver la piste et s'aligner. Les plus vieux qu'il a connus étaient des briscards de l'Afrique mais aussi des démobilisés du corps expéditionnaire, restés sur place avec leurs congaïs et leurs marmots, inaptes au retour en Europe.

Jusqu'à la victoire des Khmers rouges en 1975, une vingtaine de compagnies dotées d'un ou deux zincs se partageaient le ciel du Cambodge. Elles appartenaient en sous-main à des généraux de Lon Nol qui se réjouissaient que la guérilla coupe les routes. Ils détournaient le kérosène des Américains pour approvisionner la capitale assiégée en durions comme en cochons, et les aviateurs avaient créé la confrérie des *Pigs Pilots*. Le Viking se posait à Vientiane où on lui confiait un Beechcraft-18 pour gagner une piste au nord du Laos vers le Triangle d'or. Il y chargeait pour des Chinois une cargaison qu'il allait dans la journée larguer en mer au large de Hong Kong. Vientiane c'était l'or, l'opium, le renseignement. D'un côté le Pathet Lao marxiste-léniniste et de l'autre Vang Pao et les bérets verts. Les puissances perdues dans le jeu de poker.

Puis les Américains avaient livré les premiers DC3, dit-il en haussant les épaules. Toutes les pistes avaient été classées en dakotables et non-dakotables. Il s'interrompt, le temps d'une quinte de toux, emplit son verre.

Le groupe électrogène est coupé. Nous parlons dans l'obscurité, nos visages de temps à autre éclairés par la flamme d'un briquet ou le rougeoiement des cigarettes. Le Laos était traversé par la piste Hô-Chi-Minh invisible et les B-52 venaient pilonner au hasard. Les Livreurs de cochons qui décollaient de Wat Taï fumaient dans le cockpit des gros joints de marijuana pour se décontracter. Chacune de ses bombes, dit l'aviateur, chacun de ses nuages de défoliant, d'agent orange balancé sur les villages amenaient des troupes fraîches aux guérillas du Pathet Lao et des Khmers rouges. Va voir les cratères, dit-il. Dans la plaine des Jarres. On dirait la Lune. Grands entonnoirs jamais rebouchés, plus de végétation, plus rien, la moitié des bombes encore dans la boue et prêtes à péter. Va voir les cratères. Il finit son verre, se lève d'un coup, puis disparaît sous sa moustiquaire, où il continue à tousser.

Je consigne à la lampe torche le nom des avions, me ressers un verre, reprends la lecture de l'exemplaire du *Bangkok Post* du 4 avril 2009, *The Newspaper you can trust*, qui traîne sur la table depuis plusieurs jours. Je survole l'actualité aux commandes de mon bimoteur, une cigarette aux lèvres et les pieds nus sur les palonniers, la bouteille entre les cuisses. La planète défile sous la carlingue et j'essaie de surprendre les progrès de la raison dans l'Histoire et sous mon train d'atterrissage. Les armées de la Thaïlande et du Cambodge viennent d'échanger des tirs près du temple de Preah Vihéar, lesquels tirs ont provoqué la mort de plusieurs soldats de part et d'autre. Sur cette frontière dont le tracé est contesté depuis la guerre franco-siamoise des années quarante.

Sous le titre *Khmer Rouge leader seeks freedom to go gardening*, Khieu Samphân, ancien chef d'État du Kampuchéa démocratique, bientôt octogénaire, représenté par son avocat français Jacques Vergès, demande sa remise en liberté pour se consacrer au jardinage. L'ombre de mes ailes glisse sur l'océan Pacifique. À Ciudad Juárez, dans le nord du Mexique, le chef de cartel Vicente Leyva se fait serrer pendant son jogging. À Lima, le procès de l'ancien président Fujimori suit son cours. L'ombre de mes ailes glisse sur l'océan Atlantique. À Arusha, le procès des Rwandais suit son cours. À La Haye, le procès des généraux croates Gotovina et Markac suit son cours. Survol terminé, je rentre à la base.

On pourrait cesser de lire les journaux.

on ne choisit pas son affectation

Cette phrase avait été prononcée au lever du jour, non loin d'une gare routière, dans une gargote, par l'un des marins assis derrière des bières, marins anglais ou australiens en escale. Si elle fustigeait les usages de la marine, elle prenait isolée un sens universel. Ni le siècle ni le lieu. Des marins sont jetés au hasard sur les océans vers les boucheries maritimes. Les hauts geysers sur l'horizon des coups manqués et l'explosion de ceux qui trouent les tôles. Les volutes noires des machines explosées dans le ciel bleu. C'est 1941. La Thaïlande attaque l'Indochine. Le Laos et le Cambodge sont envahis. Avisos et croiseurs quittent Saigon, forment convoi au large de Poulo Condor, mettent le cap sur Bangkok, traversent le golfe en silence radio, surprennent les navires sur rade à Koh Chang. La flotte thaïlandaise est envoyée par le fond.

L'aviation siamoise bombarde en représailles les villes de Vientiane et de Battambang et l'aérodrome français d'Angkor, détruit au sol les quelques chars Renault FT-17, les quelques coucous Morane-Saulnier. On fait ériger en l'honneur de la victoire sur l'ennemi français un obélisque de facture mussolinienne autour duquel campent aujourd'hui les Chemises rouges. Et de Koh Chang, de cette seule victoire de la flotte française au cours des deux guerres mondiales, qui fut une victoire de Vichy, même si les marins, à Toulon ou Saigon, n'avaient pas choisi leur affectation, demeurent une plaque discrète dans le port de Brest et un mémorial sur l'île de Koh Chang.

Certains des avions réchappés de cette vieille guerre, rafistolés, seront pilotés par des aviateurs comme le Viking, jusqu'à la guerre plus moderne des Américains.

Dans l'autocar qui s'éloigne de la frontière birmane, une radio en anglais mentionne que Thaksin Shinawatra, le chef invisible des Chemises rouges, détient un passeport diplomatique du Nicaragua, que ce cinglé de Daniel Ortega lui a offert, ou vendu très cher. Les Chemises jaunes menacent les pays susceptibles d'abriter le riche fuyard. On le dit parfois en Amérique latine ou en Afrique, au Moyen-Orient ou au Cambodge.

Thaksin n'est plus qu'un escroc en fuite après avoir été roi de la téléphonie mobile, propriétaire d'un club de football en Angleterre et d'une chaîne de télévision. Il veut s'emparer du pouvoir avant Songkran. Ensuite ses partisans lèveront le camp du Victory Monument pour aller fêter l'avènement du Bœuf, se jeter de l'eau au visage et en asperger les statues du Bouddha. Il veut au plus vite descendre du ciel, Thaksin, poser son jet au milieu de la liesse populaire et de ses troupes victorieuses. Récupérer son magot confisqué.

L'autocar progresse à vitesse réduite le long de l'ancienne voie ferrée dont les Anglais victorieux avaient arraché les rails de chaque côté de la frontière. On avait dressé des potences, pendu quelques dizaines d'officiers japonais qui n'avaient pas choisi leur affectation. La piste traverse des collines de terre pierreuse, des bambouseraies, lent défilé des bonzes orange. Le ciel noircit. Nous n'avons traversé que deux ou trois villages et dépassé des mines à ciel ouvert avant d'être arrêtés par un barrage des insurgés. L'orage s'écroule sur le hangar en tôle. Nous sommes une dizaine de naufragés assis sur des bancs, quelque part sur cette planète comme une grenade dégoupillée dans la main d'un dieu idiot et distrait.

un projet de révolution à Bangkok

La ville est calme. Des nuages de plomb roulent au ciel déjà rayé de safran. Les Chemises rouges, fatigués d'avoir attendu l'assaut, dorment dans leur camp retranché.

Des chiens errants. Des réchauds équipés de bonbonnes de gaz. Des échafauds où pendront les viandes dans la fumée des fritures et le boucan des radios révolutionnaires. C'est l'aube sur la Chao Phraya et les passagers des bacs fument sous la pluie, accoudés au bastingage. Lord Jim travaille un temps ici chez Yucker Brothers. Affréteurs et négociants en bois de teck. Il y eut déjà sur ce fleuve des batailles, le roulement de la canonnade et l'odeur de la poudre. Les bacs croisent des convois de barges attelées de remorqueurs. Des vendeurs partent installer leurs étals devant les temples du Bouddha couché ou du Bouddha debout. Toutes ces tonnes d'or pur de l'obscurantisme que nous fondrons, camarades, dès la prise du pouvoir. Pour faire de tous les édentés du monde des chrysostomes. Qu'ils puissent serrer le couteau entre les dents.

J'achète à l'aéroport l'hebdomadaire *Cambodge Soir*. J'attends un vol pour Phnom Penh où le premier procès des Khmers rouges, celui de Douch, est maintenant ouvert. Où les survivants peuvent croiser le regard du mal derrière une vitre blindée. Dès la première audience, après que le procureur lui a demandé s'il souhaitait faire une déclaration liminaire, cet homme accusé d'avoir envoyé à la mort quelque douze mille personnes s'est levé, frêle silhouette derrière la barre de bois verni, les cheveux gris, le front haut, les oreilles décollées, les yeux petits et brillants au creux d'orbites profondes. Cet homme maigrelet, qui estime avoir assumé la lourde tâche de faire torturer puis assassiner plus de douze mille de ses compatriotes, s'est éclairci la voix, a bu un peu d'eau, puis, au désarroi des responsables de l'interprétation simultanée vers le khmer et l'anglais, lesquels n'avaient pas anticipé la traduction de vers alexandrins, a récité la fin de *La Mort du loup* d'Alfred de Vigny :

> Gémir, pleurer, prier est également lâche
> Fais énergiquement ta longue et lourde tâche
> Dans la voie où le sort a voulu t'appeler
> Puis, après, comme moi, souffre et meurs sans parler.

un loup mathématique

L'enfant est trop doué et d'extraction trop modeste. Celui qui deviendra Douch, le frêle bourreau, naît en 1942, quelques mois après la bataille navale de Koh Chang. Au beau milieu de l'offensive japonaise et de la guerre du Pacifique. C'est un fils de paysans pauvres. La famille cultive un lopin, fait sécher son poisson, prépare son prahoc dans un village de la rive du grand lac Tonlé Sap, pas très loin des ruines d'Angkor, et des vieux zincs français détruits au sol un an plus tôt. Les vichystes viennent d'installer sur le trône du Cambodge le jeune roi Norodom Sihanouk.

Douch s'est appelé Kaing Guek Eav. Il utilisera d'autres identités. C'est un enfant un peu chétif, les dents de travers, un sourire timide qu'il conserve sur les photographies prises avant la victoire, alors qu'il dirige dans la jungle le camp de prisonniers M-13. Il a onze ans lorsque le Cambodge accède à l'indépendance. Après l'école communale de Siem Reap, situation exceptionnelle pour un fils de paysans, on envoie le gamin brillant au lycée Sisowath à Phnom Penh. Il y découvre les mathématiques et la poésie romantique. Les mains dans le dos, il récite Alfred de Vigny.

Professeur à Kompong Thom, il est à ce point respecté de ses élèves et de sa hiérarchie qu'on l'affecte à l'Institut pédagogique, dont le directeur, Son Sen, gagne bientôt le maquis. Et ce qui jusqu'à présent ressemblait à un discours de remise des palmes académiques d'un coup bifurque.

De ses discussions avec Son Sen, de sa vie dans la capitale au milieu des injustices, le jeune mathématicien conclut à la nécessité de l'engagement, le voilà militant clandestin. C'est l'arrestation, brutale, la prison. Le général Lon Nol promulgue une amnistie après son coup d'État pro-américain. Douch gagne le maquis des Cardamomes. Douze mille personnes disparaissent dans le centre d'interrogatoire de Tuol Sleng à Phnom Penh, le Bureau S-21, qu'il dirige pendant les années du pouvoir khmer rouge. Après l'invasion du pays par les Vietnamiens, le bourreau disparaît.

Vingt ans plus tard et par hasard, un mois après la prise d'Anlong Ven et la reddition des derniers combattants khmers rouges, Douch est reconnu, en avril 1999, par un journaliste irlandais physionomiste. Sous un autre nom, il officie dans un groupe de pasteurs prédicateurs, auxiliaires humanitaires à la frontière thaïlandaise. Interrogé, incarcéré, il accorde un entretien à la *Far Eastern Economic Review*. Il affirme s'être converti au christianisme, avoir travaillé sous diverses identités pour plusieurs organisations internationales, dont l'American Refugee Committee. « Je suis désolé. Ceux qui sont morts étaient des gens bien. Maintenant Dieu décidera de mon sort. »

Longtemps après la chute des derniers bastions, les vicissitudes de l'enquête, la mort de Pol Pot, Frère n° 1, le tribunal entame ses travaux. C'est un grand bâtiment neuf et isolé posé au milieu d'une zone militaire, à plusieurs kilomètres du centre de Phnom Penh, après l'aéroport de Pochentong. Un vaste parking est destiné à accueillir les autocars des villageois qui viennent observer, craintifs, le visage du tortionnaire.

Douch est le seul des cinq accusés à reconnaître sa culpabilité. Son procès est dissocié de celui des Parisiens. Lui n'a jamais connu Paris. Il déclare avoir travaillé sous l'autorité de Vorn Veth et de Ta Mok. Le second sera le bourreau du premier, puis condamnera Pol Pot pour avoir fait tuer Son Sen, le chef du Santebal, la Sécurité. On songe à la Terreur, Robespierre, l'épuration, l'élimination infinie des factieux, chaque mesure de clémence considérée comme une tiédeur à l'égard de la Révolution, la fuite en avant, la peur, les vies à l'intérieur du Parti ne tiennent qu'à un fil. C'est la ligne de défense de Douch, qui connaît l'Histoire.

Il affirme qu'on a refusé sa demande, en avril 75, au lendemain de la victoire, d'une nouvelle affectation. Il prétend n'avoir été qu'un rouage menacé. Il en revient au poème du loup. C'est l'Angkar qui l'avait affecté à cette lourde et pénible tâche et il s'en acquittait au mieux. À S-21, la rédaction de rapports administratifs, une usine du renseignement, les méthodes artisanales et barbares pour que les accusés cessent de croire eux-mêmes à leur innocence, extirper des aveux, produire par semaine des centaines de traîtres comme ailleurs on devait produire par semaine des centaines de charrettes ou de bidons. Les traîtres étaient alors la seule production de la capitale vidée de ses habitants.

les Pâques à Phnom Penh

Dans le quartier nord de la ville, le quartier des *louk thom*, les *grands messieurs*, non loin de l'hôpital Calmette et de l'Institut Pasteur, et jouxtant la Bibliothèque nationale, l'hôtel Royal, où Khieu Samphân s'est livré en 1998 à son acte de contrition modeste – *désolé* –, est aujourd'hui rebaptisé Raffles. Au fond du hall se tient le Writers' Bar, « où se sont installés tous ceux qui ont écrit sur le Cambodge », comme le signale une plaque en cuivre, activité qui n'est mentionnée qu'au passé définitif. Fauteuils de cuir havane, vêtements clairs, air conditionné. On attend les premières pluies. J'attends aussi Mister Liem.

Autrefois, on voyait d'ici la cathédrale, dont les cloches sonnaient à Pâques la Résurrection des chrétiens, avant qu'elle ne fût détruite par les Khmers rouges. Une vie d'homme de durée moyenne est un bon instrument pour mesurer l'Histoire, le week-end pascal une bonne éphéméride. Assis au bar, devant un carnet, je calcule que le dimanche de Pâques de 1998, l'année où Khieu Samphân dans cet hôtel se repent, ou feint de se repentir, j'ai quitté le Nicaragua pour l'Uruguay où j'ai retrouvé par hasard une photographie de Baltasar Brum, à Montevideo, celle où on le voit quelques secondes avant son suicide, un Smith & Wesson dans chaque main. Comme si le suicide d'un homme seul pouvait enrayer un coup d'État. Aujourd'hui, en compagnie de Mister Liem, je retourne voir l'empilement des crânes percés ou fracassés du camp de Choeung Ek dans la banlieue de Phnom Penh, qui était le charnier de S-21 en bordure des rizières. On marche entre les fosses peu à peu comblées par la végétation où affleurent des os, des dents, et des lambeaux de vêtements que la terre vomit.

Selon le témoignage de Houy, ancien garde chargé de cette besogne, on amenait ici les condamnés depuis S-21 en camion, les yeux bandés. Livraisons journalières de traîtres. On les entassait dans une cabane près d'un groupe électrogène pour les assourdir, on les faisait s'accroupir un par un au bord de la fosse, on les frappait à la nuque avec une barre de fer :

– Puis un autre groupe venait pour les égorger.

Dans la ville déserte, un vaste périmètre, du boulevard Monivong au Stade olympique, protégeait le lycée Ponhea Yat où s'étaient installés Douch et son S-21. Une construction scolaire française. Quatre bâtiments de trois étages avec coursive extérieure autour d'une cour de récréation. Jusqu'à mille cinq cents détenus à la fois. Les chambres de torture qui sont les salles de classe carrelées, les chaînes et les cellules de brique ou de bois, les lits de torture en fer, barres de fer et étriers, les étais sous les plafonds qui commencent à s'effondrer. Les dernières photos devant la mort, la chaise grise en bois, le butoir pour l'occiput et la mise au point. Dans un débarras l'agrandisseur à l'abandon couvert de poussière. Sur les tirages alignés, les visages perdus, regards angoissés. Les douze mille fantômes. Les quelques survivants qui témoignent au procès. Quatorze. La phrase historique de Nuon Chea, Frère n° 2, l'idéologue aux lunettes noires, dans le hall de l'hôtel Royal, prononcée trente ans après avoir ordonné à Douch d'évacuer S-21 devant l'arrivée des troupes vietnamiennes : « Je regrette beaucoup, pas seulement pour la vie de la population, mais aussi pour la vie des animaux qui sont morts à cause de la guerre, je regrette énormément. » Nuon Chea, qui fut responsable de l'Idéologie et des Slogans :

IL SUFFIT D'UN OU DEUX MILLIONS DE JEUNES POUR CONSTRUIRE LE KAMPUCHÉA NOUVEAU !

Angkar

le glorieux 17 avril

On avale des soupes de nouilles devant les gargotes, les enfants partent pour l'école. Au long des rues, sur des charrettes, on vend des mangues, des cigarettes, des sauterelles grillées au miel dans une feuille verte en cornet. Il fait chaud déjà, près de trente degrés, le ciel est bleu. C'est un calme de façade. La ville assiégée est ravitaillée par le pont aérien. Chaque jour se rapprochent le sifflement des roquettes et le fracas des obus. Lon Nol et les Américains sont partis, ont abandonné la défense impossible. L'aéroport de Pochentong est hors d'usage. On attend la paix. Des incendies rougeoient dans les faubourgs. Les troupes régulières se replient. Les dépôts de munitions explosent. Les camions révolutionnaires longent les files des blindés neufs. C'est la liesse, la réconciliation entre Cambodgiens, les drapeaux blancs agités aux balcons, plus de chapelets de bombes au-dessus des rizières. On entend les tirs sporadiques de soldats retranchés qui bientôt rendront les armes. Sur les ondes c'est Radio Phnom Penh qui devient La Voix du Kampuchéa démocratique :

NOUS ORDONNONS À TOUS LES MINISTRES ET TOUS LES GÉNÉRAUX DE SE RENDRE IMMÉDIATEMENT AU MINISTÈRE DE L'INFORMATION POUR ORGANISER LE PAYS. VIVE LES

FORCES ARMÉES POPULAIRES DE LIBÉRATION NATIONALE KHMÈRES TRÈS COURAGEUSES ET TRÈS EXTRAORDINAIRES !
VIVE L'EXTRAORDINAIRE RÉVOLUTION DU KAMPUCHÉA !

Angkar

Les quelques hommes de bonne volonté ou nigauds qui répondent à l'appel sont emmenés au Stade olympique et exécutés. Des groupes silencieux et ordonnés de gamins tout en noir remontent les rues. Casquette Mao noire, sandales Hô Chi Minh en pneus, AK-47 et grenades sur la poitrine, visage fermé, des chauves-souris, pas un mot, pas un sourire, ils sont épuisés, affamés, une marée noire qui submerge la ville, étrangers à la liesse, la musique, tout le monde dans les rues après le couvre-feu et les bombardements, la peur, on danse, on allume des bâtonnets d'encens et dépose des fleurs sur les autels, et sans cesse des milliers de chauves-souris silencieuses continuent d'entrer en ville, occupent les ronds-points, les carrefours, déplient des plans, arrêtent et fouillent chaque véhicule, pas un mot, ils vident les hôpitaux, les malades sur les brancards ou boitillant sur leurs béquilles, les pansements saignants, tous chargés dans les camions, puis les gamins en noir frappent aux portes, une à une. Les Américains vont bombarder la ville. Partir tout de suite. Ne rien emporter, ne rien fermer, nous veillons. L'Angkar veille. Ceux du nord doivent quitter la ville vers le nord et ceux du sud vers le sud, et ceux de l'ouest vers l'ouest, la multitude en une immense cohorte, les baluchons, les valises, les vélos, charrettes, cyclo-pousse, les autos des riches au pas au milieu de la foule, tous pressés par les groupes de gamins méticuleux, méthodiques, froids, les bataillons féminins des Néaris. Deux millions de personnes piétinent sur les avenues. Aux barrages, on collecte les montres, les stylos, jette dans les fossés l'argent, brûle les riels et les dollars. On fusille quelques garçons aux cheveux longs et lunettes de soleil, dégénérés par la pop music cambodgienne ou américaine, les bars et les boîtes de nuit, ces « civilaï » du Peuple nouveau. Les premiers cadavres gonflent au bord des routes. Maintenant il fait quarante au soleil. Avril est le mois le plus chaud de l'année.

Les étrangers sont arrêtés puis consignés dans le parc de l'ambassade de France en haut du boulevard Monivong. Les Soviétiques essaient d'échapper à cette humiliation. C'est la Guerre froide. Ils accrochent un panneau à l'entrée de leur ambassade : *Nous sommes communistes. Nous sommes vos frères. Présentez-vous avec un interprète parlant français*. Les chauves-souris font exploser le portail au bazooka, pénètrent sans un mot jusque dans les appartements privés, ouvrent les frigos devant les Soviétiques réunis, leur montrent les œufs, avant de les écraser par terre : un vrai révolutionnaire ne mange pas un œuf qui, couvé, peut donner un poulet qui nourrit le groupe. On les emmène vers l'ambassade, d'où on extrait sous la menace d'une invasion tous les Cambodgiens qui sont venus y demander asile, et qu'on pousse dans la cohorte des rues, et puis un mot prononcé partout sur les routes par les gamins en noir, un mot que tout le monde connaît, mais qui ce matin devient un nom propre et prend une majuscule, une divinité nouvelle, l'Angkar, l'Organisation.

Le lendemain Phnom Penh est en partie vidée, les dernières poches de résistance emportées. Des automobiles abandonnées portières ouvertes ou renversées sur le toit. Des chauves-souris découpent les pneus pour en faire des semelles, déroulent des barbelés en travers des rues. En quelques jours c'est une ville morte. Des lits d'hôpital dont les roulettes ont lâché. Le soleil scintille sur les bocaux de transfusion d'où pendent des tuyaux. Les chauves-souris forcent les rideaux de fer des boutiques, jettent au-dehors tous les symboles de la corruption, que des camions viennent charger pour aller les brûler à la sortie de la ville vers la digue de Stung Kambot. On vide les appartements de leurs téléviseurs, on jette par les fenêtres tout ce que l'Angkar dorénavant proscrit, appareils ménagers, magnétophones, horloges, réfrigérateurs, boîtes de conserve, médicaments, vêtements d'importation, livres, bibliothèques entières en autodafé. Dans les faubourgs c'est le silence, les traces de l'exode des citadins qui partout sont les mêmes, des bagages trop lourds jetés dans les fossés, des matelas trop encombrants, des motos sans carburant, mais pour la plupart, les pauvres comme les riches, qu'ils aient ou non dissimulé leurs économies, dans un coffre en banque ou un tube de bambou enterré dans la cour, l'image la plus inattendue est la destruction de l'argent, toutes les coupures de cinq cents riels qui volettent sur les trottoirs. Plus rien à vendre et plus rien à acheter. En vingt-quatre heures un monde s'efface. Ces pluies de billets dans la ville fantôme qui saluent leur départ leur montrent qu'il est sans retour. Définitif.

avec Mister Liem

Il donne l'impression de se foutre un peu de ce procès, Mister Liem, même si les Khmers rouges ont détruit sa famille. Son père était officier. Comme si ce procès était organisé pour des étrangers, ceux qui ont apporté la ruine ici et voudraient juger des Cambodgiens. Il aimerait savoir pourquoi ces allers-retours chaque jour au tribunal à bord de sa vieille Camry. Je pourrais être à Munich, au procès de Josef Scheungraber qui ouvre ces jours-ci, dernier procès peut-être du nazisme. Je finis par lui dire que je travaille pour un journal à seule fin de le rassurer. Ce qui pourrait être une curiosité malsaine devient alors une activité comme une autre. Nous accomplissons chacun notre tâche, comme une affectation que nous n'avons pas choisie. Nous communiquons dans un anglais trop approximatif et les nuances nous sont interdites.

Mister Liem me raconte peu à peu sa vie au hasard de nos déplacements, des bribes que j'assemble. Enfant, il habitait avec ses parents dans une rue près du lycée qui deviendra S-21. Il possède aujourd'hui ce vieux modèle Toyota Camry conduite à droite importé d'occasion de Thaïlande. Il se prétend sihanoukiste, passe souvent du coq à l'âne, éclate d'un rire saccadé. Même pour prendre conscience de l'horreur il faut être un privilégié, pouvoir distinguer une catastrophe historique d'une catastrophe naturelle, accepter que ceux qui sont morts n'avaient pas tous un mauvais karma, s'élever au-dessus de la planète et de la Guerre froide, lever le nez de la rizière ou du volant. Il est plus jeune que moi. Le 17 avril 75, il a huit ans. Il est à l'école lorsque les chauves-souris vident les salles de classe. Ne rien emporter, vite, bombardements américains. Il rentre à la maison déjà vide, ses parents sont partis. Il ne les reverra jamais, un frère et une sœur non plus. C'est une tante qui prépare un petit bagage pour les trois enfants qui la suivent. Il me dit qu'après deux jours de marche, au milieu du flot humain, ils étaient encore à quelques kilomètres de Phnom Penh sur la route nationale 4, où se dresse aujourd'hui le tribunal. Rires brusques et comme démentiels.

Il me rappelle qu'il n'a pas fréquenté l'école depuis, dans un anglais lacunaire et quelques mots de français. Mais c'est difficile, le français. Beaucoup de conjugaisons. Il m'explique que l'anglais s'écrit avec l'alphabet français, ce que je ne démens pas. Comme nous passons devant la Banque nationale reconstruite par les Japonais, il mentionne les photos des jeunes Khmers rouges – il prononce Khmaïrou – jouant avec les liasses de billets. Il prétend que tout l'argent est parti en Russie. L'or et les devises sont plutôt partis en Chine, mais je ne vais pas non plus disculper les Soviétiques. Il me dit que la France elle aussi rénove. Depuis toujours, dit-il. Angkor ! Il rit. Il se souvient d'avoir vu, à huit ans, s'envoler les derniers hélicos. Le 12 avril, l'ambassadeur américain s'enfuit, la bannière étoilée pliée sous le bras, abandonne à leur sort les derniers soldats de Lon Nol, gamins déguisés en GI aux uniformes trop grands et casque lourd jusqu'aux yeux.

Lon Nol est déjà à Hawaï. Les Américains ont d'autres chats à fouetter, quelques jours avant la chute de Saigon. Moins de treize jours entre le glorieux 17 avril à Phnom Penh et l'entrée du Viêt-minh à Saigon après trente ans de guerre. Entre l'envol des hélicos à Phnom Penh et l'envol des hélicos depuis les toits de Saigon. L'invention de l'hélicoptère jetable, les engins balancés dans la mer de Chine par-dessus bord, à tour de rôle, depuis le pont des navires américains, pour accueillir les suivants en vol stationnaire et chargés de fuyards. Douze jours et vingt-deux heures exactement, avant l'image de ce char viêt-minh lancé à toute allure dans les grilles de ce qui est aujourd'hui, à Hô Chi Minh-Ville, le palais de la Réunification. La photographie du char immobilisé sur le portail défoncé. Douze jours et vingt-deux heures entre la victoire des Khmers rouges au Cambodge et la fin de la guerre du Vietnam.

La victoire de la Révolution.

la plus pure

Nous qui l'avons tant rêvée, avons cru en lire les prémices un peu partout sur la planète, nous savons que ni la révolution française ni la mexicaine ni la russe ni la cubaine ni la chinoise n'avaient poussé la fraternité et l'égalité des hommes jusqu'à la disparition, en vingt-quatre heures, de la richesse et du règne de l'argent.

Parmi les rares endroits où elle fut victorieuse, La Havane, Managua, Hanoi, celle-ci de Phnom Penh fut un sommet, la plus belle et la plus intransigeante, l'absolue table rase. Trois ans, huit mois et vingt jours. Une révolution aussi parfaite qu'une expérience de laboratoire. Longtemps l'Angkar est anonyme. On connaît les Khmers rouges historiques. On ne sait pas lesquels sont encore en vie après tant d'années de maquis. La radio égrène des numéros, Frère n° 1, Frère n° 2… Ceux-là veulent préserver la pureté des jeunes combattants du Peuple ancien qui n'ont connu que la forêt et la discipline. Leur faire détruire tous les produits de l'Occident avant qu'ils n'apprennent à s'en servir et que ce goût ne les corrompe comme il a corrompu le Peuple nouveau. L'idée même de ville doit disparaître. Le retour au village et à la pureté khmère. Tous porteront le pyjama noir des paysans khmers. C'est la rigueur morale du Peuple ancien contre la débauche des citadins. Phnom Penh retourne à la nature qui croît au milieu de ses allées en terre. Les chauves-souris y plantent des bananiers, et comme les Viêt-congs de l'igname, qui est le vrai légume du guérillero, se conserve des jours au fond du sac de campagne au milieu des munitions. Phnom Penh est une zone interdite.

Souvent les partis révolutionnaires, après l'effervescence, deviennent bureaucratiques et lents, administratifs, tatillons, aiment les tampons. Au Kampuchéa, tous les imprimés sont détruits, brûlés les titres de propriété et les diplômes, les papiers d'identité et les permis de conduire. À l'époque des impérialistes et de leurs valets, tous ces papiers étaient comme des médailles au cou des chiens accrochées à leur collier. L'Angkar libère le peuple du règne de l'imprimé. Pas d'activité législative. Juste ces mots, « l'Angkar dit que » : plus de propriété privée ni de tribunaux, plus d'écoles, plus de cinémas, plus de librairies, plus de cafés ni de restaurants, plus d'hôpitaux, plus de commerces, plus d'automobiles ni d'ascenseurs, ni cosmétiques ni glaciers, ni magazines ni courrier ni téléphone. Ni vin blanc ni brosse à dents.

Plus de médecins, de bonzes, de putes, d'avocats, d'artistes, d'opticiens, de professeurs, d'étudiants.

De tout cela, le peuple est enfin libéré.

Les savants préparent leur expérience secrète, refusent toute assistance, interdisent l'atterrissage d'avions. Une noria de camions mène les étrangers en convois jusqu'à la frontière thaïlandaise. Le pays se ferme au monde. Le modèle est celui des tribus des montagnards, les bons sauvages parmi lesquels les Khmers rouges ont vécu pendant les longues années du maquis, les Stiengs de Damber, les Jaraïs du Ratanakiri.

Ieng Sary, Frère n° 3 : « Il faut se plonger dans le peuple, se mélanger au peuple. J'ai vécu avec les montagnards, je me suis habitué à leurs coutumes. Au début j'étais choqué par leur vie primitive, mais j'ai pensé qu'il ne fallait pas les brusquer, ne pas les éduquer à notre manière. Il fallait d'abord s'intégrer à eux, peu à peu, leur faire connaître l'hygiène. Mais pour cela il faut faire comme eux : s'ils ne s'habillent pas, nous non plus nous ne pouvons pas nous habiller, s'ils se scient les dents, nous devons nous les scier aussi. »

On vide les villes de province. On fait croire aux officiers de Battambang à l'arrivée de Sihanouk. En uniforme d'apparat tout constellé de médailles ils montent dans les camions, sont fusillés après le premier virage. On traque les anciens exploiteurs qu'on extermine avec leur femme et leurs enfants. « Arracher la mauvaise herbe avec les racines. » Les survivants vêtus de pyjamas noirs et d'une écharpe krama à petits carreaux sont envoyés dans la forêt ancestrale. Dans les camps de travail, chacun devra se livrer à l'exercice de l'autobiographie, raconter sa vie avec minutie depuis la destitution de Sihanouk, répondre aux interrogatoires. Le Peuple nouveau corrompu ne peut être amendé, il doit être retranché physiquement :

IL FAUT ANÉANTIR LEUR LIGNÉE JUSQU'AU DERNIER !

Angkar

On tire la charrue à l'épaule dans la boue. On défriche. Grouillement des insectes et fusées des reptiles. Travail de nuit sous la lune. Un peu de riz, des feuilles, des escargots, des crabes de rizières, des lézards, on boit l'eau des mares. L'âge des enfants est estimé à vue d'œil. Ceux-là en attendant de monter au front plantent les légumes, apprennent des chants révolutionnaires, collectent les bouses de buffle, tous les enfants sont les enfants de l'Angkar :

> LE KAMPUCHÉA DÉMOCRATIQUE EST UN VASTE CHANTIER, QUEL QUE SOIT LE LIEU, TOUT EST CHANTIER, LE PEUPLE, ENFANTS ET VIEILLARDS, HOMMES ET FEMMES, ET TOUTES LES COOPÉRATIVES LÈVENT DES DIGUETTES DE RIZIÈRES AVEC ENTHOUSIASME !
>
> Angkar

La vie collective, les repas pris en commun, l'abolition de la vie privée, les enfants dont on fait des espions. Grâce à eux l'Angkar a les yeux comme un ananas et voit partout. Les séances d'autocritique. Sur les chantiers du nouveau Pharaon, les milliers d'insectes noirs portent au bout des palanches des paniers d'osier emplis de terre jaune, dressent des barrages, creusent des canaux sous la menace constante et les slogans hurlés dans les mégaphones :

> NOUS SAVONS QUE PARMI VOUS SE CACHENT ENCORE DES OFFICIERS, DES MILITAIRES, DES FONCTIONNAIRES, DES ÉTUDIANTS, DES INGÉNIEURS ! MAIS NOUS ARRIVERONS À LES CONNAÎTRE ET LES TUERONS TOUS !
>
> Angkar

Le suspect est attaché les coudes serrés derrière le dos comme on lie les ailes d'un perroquet par les jeunes gardes *a-ksaè nylon*, on lui fracasse la nuque à coups de manche de pioche pour ne pas gaspiller les munitions, on l'envoie faire de l'engrais dans la rizière, dernière mission, preuve du génie artisanal de la récupération :

IL VAUT MIEUX TUER UN INNOCENT QUE GARDER EN VIE UN ENNEMI !

Angkar

Les premiers réfugiés en Thaïlande sont des paysans frontaliers illettrés. On peine à croire à ce Kampuchéa qu'ils décrivent, dans lequel n'existeraient ni prisons ni monnaie d'échange, un immense camp de concentration dans lequel briser une cuiller ou une pousse de riz est un crime passible de la mort. On met ces bouseux en taule. Ils semblent s'en accommoder. Et puis on les oublie.

Les forces progressistes en ont assez, de ces Jaunes. Elles ont milité contre le colonialisme et ces pays sont parvenus à l'indépendance. Elles ont manifesté contre l'impérialisme et les Américains sont partis. Maintenant ça suffit. Qu'ils se démerdent. On brandit le droit des peuples à disposer d'eux-mêmes. Les Jaunes sont devenus rouges, c'est leur affaire. Le stalinisme s'installe à Hanoi et le polpotisme à Phnom Penh. La révolution ne mentionne le communisme que sur le drapeau du Kampuchéa. Un temple d'Angkor en silhouette dorée sur fond rouge. Le passé et l'avenir. Le retour à la grandeur des Khmers angkoriens et le grand bond en avant. Les travaux forcés, les maladies, la torture, la famine jusqu'au cannibalisme. Trois ans, huit mois, vingt jours. Un ou deux millions de Cambodgiens disparaissent, entre un quart et un tiers de la population. On ne fait pas d'omelette sans casser des œufs qui, couvés, donneraient pourtant des poulets.

Les survivants du Peuple nouveau ne se souviennent pas avoir jamais mangé du poulet.

avec Sunthari

Nous dînons dans un nouveau restaurant français un peu chic de la rue 19, c'est elle qui l'a choisi, une boulangerie, des rayonnages de bois où bonifient allongés les meilleurs crus, elle commande un bordeaux rouge, on apporte la verrerie appropriée, dépose une corbeille de pain. J'essaie d'imaginer la première fois que Sunthari comme les autres, les survivants, ont pu manger à satiété après les années de famine, déjeuner pour le plaisir, manier pour la première fois depuis des années les couverts prohibés par l'Angkar, les verres à pied du Peuple nouveau, s'en souviennent-ils ?

Elle est bouleversée par le procès de Douch enfin ouvert après toutes ces années d'incertitude. Elle assiste à toutes les audiences à titre de partie civile, en compagnie de sa mère et de leur avocat. À cette occasion, on vient de la filmer entrant pour la première fois depuis le 17 avril 75 dans la maison qui était alors celle de sa famille, et qu'elle imaginait ne pas quitter. Les bibliothèques vidées. Maison jamais récupérée, puisque les titres de propriété avaient disparu, et que les Vietnamiens avaient établi en ville le droit du premier occupant.

Son père, Phung Ton, recteur de l'université de Phnom Penh, était en Suisse pour une série de conférences à l'arrivée des Khmers rouges. Sunthari est partie sur la route avec sa mère et ses frères et sœurs. Elle avait dix-huit ans, nous avons le même âge, elle était élève en classe de terminale.

Elle est un peu tendue au début de notre repas, mais à la différence de Mister Liem, ce qui la rassure c'est justement que je ne suis pas journaliste. Que je n'ai rien à voir non plus avec ces événements. Même si, au milieu des années soixante-dix, j'ai rêvé des tables rases. On arrête tout, on recommence. Le slogan courait de l'Europe à l'Amérique latine. D'autres jeunes idéalistes sans doute préparent aujourd'hui les utopies meurtrières de demain.

Sunthari tient à donner à notre dîner une élégance un peu vieille France, dans son usage de la syntaxe comme des couverts, dans la coupe de ses vêtements, ce à quoi sans doute on pense dans les camps, comme on pense à la musique, aux livres interdits, disparus.

On ne pouvait être, aux yeux des Khmers rouges, davantage Peuple nouveau que sa famille, façonnée par les deux cultures khmère et française. Pendant les seuls quatre-vingt-dix ans de paix du Cambodge. Un claquement de doigts dans l'Histoire. Au début de sa déportation, elle ne ment pas, rédige avec précision son autobiographie, elle espère, comme tous les égarés, obtenir ainsi des nouvelles de sa famille. Ensuite, dans les camps de travail successifs, elle profite du changement des appellatifs pour dissimuler son identité, et ses origines trois fois suspectes de Phnompenhoise, de bourgeoise et d'intellectuelle. Elle plante le riz, monte les diguettes, vit dans la peur du viol et du mariage forcé. Après l'invasion des Vietnamiens, elle parvient à revenir à Phnom Penh. L'usage de la monnaie n'est pas rétabli. Elle troque un soir un peu de riz contre du sucre de palme, que la vendeuse emballe dans un cornet de papier journal. Et la page dépliée sur la table montre la photographie de son père, mentionne qu'il fut arrêté dès son retour au Cambodge puis emmené à Tuol Sleng. Sunthari ne le reconnaît pas. Un visage livide, maigre, au-dessus d'une tablette portant un numéro. C'est sa mère qui lui confirme que c'est bien lui. Elle tremble. C'est ainsi que les deux femmes apprennent la mort de leur père et mari, penchées au-dessus d'une feuille de papier journal, écartant une petite pyramide de sucre.

Le cas de Phung Ton est de ceux qui embarrassent la défense de Douch. Son avocat Kar Savuth fut son élève. Selon le co-procureur, les documents établissent une captivité de vingt mois dans le centre S-21. Douch prétend qu'il ignorait à l'époque que l'ancien recteur des universités de Phnom Penh était resté si longtemps dans le centre. Il affirme savoir seulement que Phung Ton, dont le crâne est peut-être aujourd'hui l'un de ceux rassemblés dans le stupa du camp de Choeung Ek, est mort de maladie et de faim. Douch le connaissait un peu, l'avait rencontré à des remises de diplômes, des années avant la révolution. Il connaissait sa modération et son érudition. Comme tous les responsables du régime, les Frères numérotés, anciens professeurs, le connaissaient depuis leurs études ensemble à Paris. Sunthari, comme les autres, fut souvent déplacée. Pour tenir, elle imaginait retrouver un jour son père peut-être resté à l'abri en Suisse. Elle énumère ses camps, que je suis incapable de situer de tête sur la carte, des noms de villages, une fois tout au bord du Mékong, puisqu'elle y lavait son linge, son pyjama noir de chauve-souris.

le grand bond en avant de la morale

Par le miracle d'une colline à forme de cône dressée sur l'horizon des marais, au sommet de quoi on a bâti la pagode du Vat Phnom, et des quatre bras confluents des fleuves, les lacs, la boue stagnante et tiède des rizières, contre toute cette eau qui la ceinture et la baigne, Phnom Penh avait élevé un barrage de vie paisible. Une ville aux larges avenues bordées de bâtiments blancs d'architecture européenne. Palais aux doubles toits recourbés rouges et orange, découpés en guipures et rehaussés d'or. Un boulevard au bord de l'eau pour les promenades dominicales.

Les fleurs crémeuses des frangipaniers ponctuent les trottoirs de petites étoiles de mer. Je marche dans les rues dont beaucoup n'ont pas retrouvé leur nom d'avant-guerre, remplacé par des numéros. Certaines offrent toutefois une lecture historique où se voit la complexité de la zone, du boulevard Mao-Tsé-toung au boulevard Charles-de-Gaulle. En bas du Vat Phnom, de vieux hommes sont assis sur un banc devant un pèse-personne. Derrière eux, des singes le cul dans l'herbe, insoucieux de leur excédent pondéral, grignotent des fruits. Des plaques botaniques accrochées aux troncs mentionnent le nom des arbres en français et en latin, quelques centimètres plus haut qu'elles ne furent fixées, et que les chauves-souris, par oubli de ces traces colonialistes, ou ignorance de ces fruits curieux et métalliques qui ne poussent qu'en ville, n'ont pas arrachées.

On a érigé non loin une colombe de la paix en fusils désarmés et soudés. Le monument rappelle le Phare de la paix à Managua, où la révolution sandiniste triomphait en 1979, quand ici les Vietnamiens renversaient les Khmers rouges. Et les Sandinistes envoyaient aussitôt une mission à Hanoi. J'apprends l'arrestation, dans ce quartier du Vat Phnom, d'un Européen, un Barang surpris en compagnie d'une fille de seize ans. Par désœuvrement, pendant ces journées sans audiences au tribunal, j'ai contacté le commissaire dont le nom figure dans les contacts du Viking. C'est un subalterne qui me reçoit.

Après le départ des Vietnamiens, les Casques bleus ont rétabli à Phnom Penh la corruption et la prostitution. Ils ont ainsi conforté les Khmers rouges les plus purs, réfugiés dans les forêts, dans leur haine de l'Occident et de l'érotisme. À S-21, toutes les tortures étaient utilisées mais les abus sexuels punis de mort, comme l'adultère et la consommation de boissons alcooliques. L'Angkar recommandait à ses cadres de ne pas adresser la parole à un membre de l'autre sexe à moins de trois mètres. Les couples illégitimes étaient condamnés pour avoir trompé l'Angkar. On tuait au gourdin les fornicateurs, châtiment appliqué avec un courage révolutionnaire extraordinaire d'un très haut niveau.

La Terreur est le bras armé de la Vertu. L'utopie politique, comme la religieuse, déteste l'homme dans sa monstrueuse incomplétude. Sa terrible faiblesse. Son enfer entre les jambes. J'interroge le flic, une bonne tête de brave flic, et il me dit qu'il est idiot celui-là, déjà qu'elles paraissent jeunes. Il n'avait qu'à en choisir une de vingt ans qui en paraît seize et pas de problème. Et j'imagine ce pauvre con, moyennement vieux, d'après la photographie, une bonne tête quant à lui de garagiste ou de prolo, arrêté ici à Vat Phnom avec une fille de seize ans, comme s'il allait lui demander ses papiers que, n'ayant pas fait Langues-O, il tiendrait à l'envers.

Le flic est un bon élève de l'Occident et il est un peu surpris. J'insiste pour rencontrer le commissaire. Celui-là est un honnête homme, un peu las, consciencieux, une manière de Maigret vêtu d'une chemise blanche à manches courtes trop petite pour ses épaules rondes. Dès notre deuxième rendez-vous, qu'il fixe par téléphone loin de ses locaux, près du Marché russe, il pose sur la table la petite sacoche de son flingue, sirote un whisky-soda, et me demande des nouvelles du Viking. Il l'a connu lorsqu'il vivait à Bangkok, travaillait au sein de diverses commissions auprès des camps de réfugiés :

– Vous imaginez, dit-il, un pays de plusieurs millions de rescapés et plus de papiers d'identité ? Reconstruire un pays dans lequel tous les titres de propriété, tous les diplômes ont disparu ?

Souvent il hausse les épaules. Je mentionne les camps que je connais, ceux des guerres du Congo et du Rwanda. Il semble que ceux de la frontière thaïlandaise étaient encore davantage cafouilleux, qui à partir de 75 avaient reçu les premiers évadés du Kampuchéa démocratique mais aussi nombre de *boat people* vietnamiens qui fuyaient la réunification. Un demi-million de réfugiés entassés dans les baraques.

Concernant cet Européen, ce Barang récemment arrêté, il lève les yeux au ciel, confirme en haussant ses épaules rondes que la sexualité des étrangers est ici une industrie complexe et lucrative, comparable à celle qui consiste à détourner l'aide internationale et les fortunes consacrées au procès des Khmers rouges. Dans plusieurs dossiers apparaissent les mêmes filles mineures mais tout au bord de leur majorité. Elles servent d'appâts, sont filmées en testing vidéo par les mêmes ONG qui les emploient. Des organisations étrangères avec à leur tête une couverture khmère, un homme ou une femme de paille pour donner le change. Il me donne le nom de deux ONG spécialisées dans ce racket, qui jamais ne s'intéressent aux Cambodgiens, ni aux étrangers asiatiques trop peu rentables. Il regrette de ne pouvoir écrire là-dessus, déconseille de s'y risquer. Le Cambodge est un pays dangereux et corrompu.

– Pour ça il faudrait vraiment avoir des couilles, sourit-il. Au risque de ne pas les garder longtemps.

Ces mafias elles-mêmes liées aux proxénètes gagnent sur tous les tableaux, noyautent de leur bonne conscience à la fois la police et les institutions internationales, récupèrent l'honneur et l'argent. Et ce pauvre idiot avec sa tête de prolo va prendre autant d'années de taule que les maîtres de la Terreur. Dans un lieu moins climatisé que les cellules bâties auprès du tribunal pour accueillir le petit groupe des amis parisiens.

les jeunes amis

Ceux-là portent les premiers numéros dans l'ordre de la fraternité. C'est en partie un clan familial. Ils sont amis depuis l'époque du lycée Sisowath. Ils ont encore en commun d'être nés en province, et parfois même, comme Kim Trang, qui deviendra Ieng Sary, en Cochinchine, chez les Khmers kroms du delta du Mékong. Ce sont de bons élèves, qui intègrent le seul lycée du Cambodge. Ils vont y vivre des événements palpitants.

Ieng Sary, futur Frère n° 3, y rencontre celle qui deviendra son épouse, Khieu Thirith. Devenue Ieng Thirith, elle est aussi une accusée du procès. La sœur de celle-ci, Khieu Ponnary, deviendra l'épouse de Saloth Sâr, le futur Pol Pot, Frère n° 1 de l'Angkar. Khieu Samphân et Hou Youn sont élèves du lycée. Son Sen prépare l'École normale. Ils ont chanté *Maréchal nous voilà*, porté l'uniforme scolaire, chemise blanche, pantalon bleu et casque colonial blanc, partagé à l'internat leurs conversations et leurs rêveries adolescentes. Ils veulent en finir à la fois avec la monarchie et le colonialisme. En mars 1945, les Japonais arrêtent leurs professeurs français et les enferment dans des camps.

Le très jeune roi Norodom Sihanouk profite de la débâcle pour proclamer l'indépendance. En octobre, le Japon vaincu, le général Leclerc envoie des troupes remettre de l'ordre. Les professeurs libérés corrigent les épreuves du baccalauréat. On expédie les jeunes gens à Paris. Ils y fondent l'Association des étudiants khmers, une préfiguration de l'Angkar : Khieu Samphân, Ieng Sary, Saloth Sâr. C'est plutôt la belle vie, à Paris. Ils se promènent boulevard Saint-Germain, essaient d'apercevoir dans les cafés des actrices, lisent *Le Monde* aux terrasses en fumant des cigarettes blondes comme l'oncle Hô trente ans plus tôt, voient défiler l'élégant ciseau des jambes sous les jupes. Ils sont jeunes, assis au soleil, rêvent de la Révolution. La lumière des soirs de juin perce le feuillage des platanes, y plonge les épées éclatantes de l'airain. La Terreur peut naître ainsi. Ils furent ces jeunes étudiants idéalistes.

À deux pas de la place Saint-Michel, dans le sixième arrondissement de Paris, le 28 de la rue Saint-André-des-Arts est un petit immeuble de pierre et de brique pâle, balcons en fer forgé noir, à l'angle de la rue Gît-le-Cœur, et dont le rez-de-chaussée accueille aujourd'hui un pub irlandais, depuis toujours un débit de boissons. L'appartement est loué par Ieng Sary et Ieng Thirith. Certains poursuivent leurs études. Khieu Samphân deviendra docteur en sciences économiques. D'autres comme Saloth Sâr pensent que c'est inutile et lisent de la littérature, des essais politiques. *La Grande Révolution* du prince Kropotkine. Ils sont en froid déjà avec Phung Ton, le père de Sunthari, étudiant en droit, qui refuse de devenir communiste.

Les jeunes amis n'ont pas oublié les bambouseraies, les buffles indolents et les palmiers à sucre, la pêche à la senne et le miroir brisé de la rizière, éprouvent la nostalgie de leur enfance et de la beauté des soirs d'Extrême-Orient, le remords peut-être de leur propre décadentisme. Ils veulent créer un parti révolutionnaire. Le roi leur coupe les vivres, supprime les bourses. C'est trop tard. Ils sont membres du PCF. Khieu Samphân y rencontre Jacques Vergès qui est aujourd'hui son avocat.

Les jeunes amis sont encore à Paris lorsque le Cambodge accède en 1953 à l'indépendance. L'année suivante la bataille de Diên Biên Phu met fin à la Première guerre d'Indochine. Ils rentrent peu à peu à Phnom Penh, deviennent professeurs de français ou d'histoire, comme Ieng Sary et Saloth Sâr. Au lycée Norodom, Ieng Thirith est professeur d'anglais. Khieu Ponnary enseigne au lycée Sisowath. Ceux-là bientôt extermineront quiconque parle une langue étrangère et surtout l'anglais et le français, tout intellectuel, quiconque aura vécu dans la proximité de l'Occident.

Les premiers prennent le maquis, s'en vont vivre dans les tribus des montagnes, aveuglés par les Lumières et le *Contrat social* de Rousseau. Khieu Samphân conserve une façade de réformiste. Professeur d'économie politique, il devient député puis secrétaire d'État au Commerce de Sihanouk. C'est la Deuxième guerre d'Indochine, celle du Viêt-minh contre les Américains. Les jeunes amis ont tous disparu. Ils ne réapparaissent qu'après le glorieux 17 avril. Ce sont alors des révolutionnaires aguerris, endurcis par les années passées dans l'ombre de la forêt. Ils essaient d'oublier la rue Saint-André-des-Arts.

le roi des communistes

Ce rêve s'est magnifiquement réalisé grâce à nos combattants et combattantes, à nos paysans et paysannes, à nos ouvriers et ouvrières et autres travailleurs, sous la clairvoyante conduite de notre Angkar révolutionnaire.

Norodom Sihanouk, avril 1976

Voilà une vie pleine et riche, longue, insaisissable, essayons pourtant de dénombrer ses circonvolutions, ses retournements, ses contorsions de boa affable et souriant, le boa de Kipling : *aie confiance*… Sihanouk l'hypnotiseur essaie sans résultat d'étouffer les Khmers rouges, puis accepte de devenir le premier prince de sang nommé chef d'État d'un régime communiste.

Voilà ce que peut être une vie quand elle embrasse l'histoire de tout un siècle. Sa diplomatie serpentine avait préservé la paix au Cambodge pendant près de vingt ans au cœur du brasier de l'Indochine en guerre. Lorsque les vichystes l'assoient sur le trône, les Siamois viennent à nouveau d'amputer le royaume. C'est un roi triste. Derrière le sourire des Khmers se dissimule l'abîme de la mélancolie. Il est l'héritier d'un trône nostalgique. C'est une manière de saudade khmère. Tout a disparu, Angkor Thom, la Grande ville du Xe siècle, puis Angkor Vat, la Ville pagode du XIIe, la puissance de Jayavarman le Roi lépreux. Son royaume est pris en tenaille entre les ennemis siamois de l'Ouest, envahisseurs qui se sont emparés d'Angkor, et les ennemis vietnamiens à l'Est, envahisseurs qui se sont emparés du delta du Mékong. Maintenant c'est lui le souverain divinisé, le roi-père qui fait tourner la Roue du monde dont le diamètre ne cesse de diminuer. Il veut agir, ne plus regarder en arrière vers les splendeurs passées. Il ne lancera plus son armée au combat à dos d'éléphant. Le roi effectue un stage à l'école militaire de Saumur, en sort avec le grade de capitaine de cavalerie blindée et un brevet d'artilleur de char. C'est un souverain de vingt-six ans, déjà marié à quatre femmes et père de huit enfants, qui reçoit l'année suivante les jeunes amis avant leur départ pour Paris, et remet à chacun cinq cents piastres.

Au palais, ce jour-là, se tiennent côte à côte, inclinés devant lui, respectueux, le futur Pol Pot et Phung Ton, le père de Sunthari.

Puis d'un coup le petit roi lunatique descend du trône, abdique, crée un parti politique, la Communauté socialiste populaire, remporte les élections. Il n'est plus roi, le voilà prince à nouveau, et chef du gouvernement.

Dans son aveuglement pour la modernité et l'Occident, Sihanouk, poète, saxophoniste et cinéaste, veut faire de Phnom Penh le Paris de l'Extrême-Orient. Il interdit aux paysans qui entrent en ville de se promener le torse nu ou en sarong et les pieds nus. Ils ne pourront livrer leurs produits au marché que de nuit et sur des itinéraires prévus. Il interdit aux conducteurs de cyclo-pousse le port du short. Dans les films du prince, dont il écrit lui-même les scénarios, et qu'il réalise, et dans lesquels il interprète les premiers rôles, de longues limousines glissent en silence dans les avenues propres de Phnom Penh. Leurs occupants en descendent pour se rendre, smokings et robes longues, à des réceptions données dans des appartements meublés à l'européenne, lèvent leur coupe de champagne. Le prince est l'éditeur de la revue pornographique *Pseng Pseng*. Voilà les « civilaï » dont se vengeront les Khmers rouges.

Le prince est un magicien, un illusionniste sur la scène du grand music-hall de l'Histoire. Il essaie de neutraliser d'un coup de baguette les jeunes intellectuels de gauche. Ces ingrats disparaissent et gagnent le maquis. Il rejette l'aide américaine. Tout s'accélère. Ses gesticulations, il conviendrait de les filmer en accéléré comme les aventures d'un équilibriste débordé. Les Vietnamiens envahissent le Laos et le Cambodge. Le Viêt-minh trace la piste Hô-Chi-Minh sous la forêt. Sihanouk reçoit au Stade olympique avec les plus grands honneurs le général de Gaulle comme lui opposé à la guerre du Vietnam. Toute la ville entend la grande voix du général et son éloge du Cambodge écrit par Malraux : « … une histoire chargée de gloire et de douleurs, une culture et un art exemplaires, une terre féconde aux frontières vulnérables entourée d'ambitions étrangères et au-dessus de laquelle le péril est sans cesse suspendu… »

Le funambule offre le port de Kompong Som aux Viêt-congs et indique aux Américains leurs positions, puis dénonce à la radio les bombardements. Le grand écart est intenable. Il sait que chacune des bombes impérialistes renforce la guérilla. Son armée fait preuve d'une efficace cruauté. Les combattants khmers rouges capturés sont attachés à des arbres et éventrés, jetés de falaises pas trop hautes afin qu'ils meurent lentement, disloqués ou éviscérés, comme une mise en garde filmée par ses équipes de télévision et présentée aux actualités, entre deux reportages sur des concours d'élégance automobile au casino de Kep.

On regarde en l'air le fildeferiste, on sait bien qu'il va tomber. Sihanouk est renversé en 1970 par le général Lon Nol et ceux qu'il appellera la Bande des traîtres. Il pourrait jeter l'éponge, se retirer en France, peaufiner ses œuvres dans sa propriété de Mougins au-dessus du chatoiement de la Méditerranée. C'est l'embrasement, la guerre du Cambodge. Les combattants du Viêt-minh brandissent devant les paysans illettrés son portrait à l'entrée des villages, s'installent jusqu'aux temples d'Angkor. Sihanouk est conspué par la République. Ce sont les insultes qui lui font quitter sa retraite, une certaine idée de sa place dans l'Histoire. Lon Nol est soutenu par les Américains et les Vietnamiens le sont par l'Union soviétique. Sihanouk invente une triangulaire. Le 1er Mai il est à Pékin, à la tribune officielle, à la droite de Mao, lequel déclare le soutenir.

Après le glorieux 17 Avril, il fait monter les enchères, part en Corée du Nord, compose à Pyongyang le poème *Adieu Cambodge* comme Essenine avait écrit *Adieu Bakou*. L'ancien souverain accepte, bon prince, de rentrer à Phnom Penh à la condition d'être nommé chef d'État à vie. Il est aussitôt confiné dans son palais désert au milieu de la capitale déserte. Il découvre la ville silencieuse, les barbelés, les chauves-souris. Dès le printemps il démissionne, lit à la radio un texte qui déjoue par son habileté la censure de l'Angkar : « La

Bande des traîtres m'abreuvait d'injures et me traînait dans la boue de leurs calomnies et humiliations. Je resterai éternellement reconnaissant envers le peuple du Kampuchéa, ses héros et ses héroïnes et son Angkar révolutionnaire qui m'ont lavé de toute cette boue, et m'ont complètement réhabilité aux yeux du monde et de l'Histoire. »

Son honneur est sauf et la tragédie oubliée, il disparaît, n'est plus qu'un citoyen assigné à résidence dans son palais au milieu d'une petite cour effarouchée. Il regagne Pékin avant la Troisième guerre d'Indochine. Le dernier paradoxe de la Guerre froide. Les Chinois et les Américains alliés des Khmers rouges contre les Vietnamiens et les Soviétiques. Les chars et les avions de combat, les dizaines de milliers de morts ajoutées aux millions, jusqu'à ce que Moscou mette genou à terre. L'Inusable réapparaît après le départ des Vietnamiens. Il publie *Prisonnier des Khmers rouges.*

Le magicien qu'on a vu coupé en deux, à chaque extrémité de la scène les deux boîtes où pointaient la tête et les pieds, salue son public et les lumières se rallument. Norodom Sihanouk redevient roi en 93, finit par abdiquer en 2004, place son fils Norodom Sihamoni sur le trône. Le voilà Père du roi. En ce mois d'avril 2009, à l'ouverture du procès des Khmers rouges, on ne sait pas trop où est Sihanouk, lequel vient de léguer ses archives personnelles à la France, sans doute dans sa villégiature chinoise.

manger de l’opium & fumer du chien

Sur toute la sphère terrestre, qui paraît si énorme à certains tandis que d’autres affectent de la trouver plutôt plus petite qu’un grain de sénevé, il n’y avait pas un endroit où il pût – comment dirais-je ? –, où il pût se retirer.

Conrad

Seul la nuit dans la piscine de cette maison envahie de jungle au plein cœur de Phnom Penh, j’effectue de lents allers-retours, nage sous les petites averses annonciatrices de la mousson, comme un papillon de Mouhot cherche à laisser derrière lui sa chrysalide, la vieille enveloppe flottante que viendront becqueter les oiseaux. Je rejoins l’autel d’une bouteille de vin blanc dressée sur la margelle, m’allonge ruisselant sur la terrasse, et regarde les geckos avaler les moustiques en fumant des Marlboro-light.

À Bangkok elles viennent des Philippines. Celles qu’on trouve ici sont produites en Malaisie. Et à chaque cigarette malaise, le fumeur revit la fin héroïque de Lord Jim, « l’homme à la conscience romanesque », celui qui remonte sous la jungle la rivière de Patusan pour aller y expier sa faute. La faute de l’homme blanc. Comment ces pays de la beauté absolue, des végétations déraisonnables et des oiseaux multicolores, du raffinement de la danse et de la musique, ont-ils pu au contact de Paris basculer dans l'horreur ? Faut-il en accuser le pauvre Mouhot ? Henri Mouhot ?

J'attends que mes mains sèchent pour feuilleter la presse ou relire mes carnets, cette nuit des notes sur l'histoire de l'opium à l'époque coloniale. Tout le commerce de cette denrée était alors confié à une régie d'État, la matière brute importée du Yunnan et de l'Inde et transformée à Saigon en produit consommable, vendu en petites boîtes métalliques comme alors le kif à Tanger. La culture du chanvre indien est aussitôt prohibée. Et les péquenauds cambodgiens, au lieu de se rouler leur petit joint tranquilles le soir sur leur paillote à pilotis, en regardant jouer les enfants et les cochons noirs, les buffles se vautrer dans la boue, devront se mettre à l'opium de l'Administration. *No Rastamen.* Ainsi en a décidé la Troisième République.

Dans l'accord de mise en place du monopole, est stipulé, avec une précision due aux équivalences des poids et mesures, que le roi Sisowath du Cambodge recevra de cette République, à l'usage de sa centaine d'épouses et de concubines et de ses courtisans défoncés, « 18,9 kg d'opium de Bénarès tous les deux mois ». 572 fumeries officielles sont gérées par la Régie sur le territoire national. Et dans la piscine à nouveau, alignant les brasses, je me demande s'il est bien raisonnable de mémoriser le nombre de fumeries en service au Cambodge en 1906, même si la connaissance du fait permet de mieux lire les romans de Malraux, de Farrère, de Daguerches et de quelques autres, Tran Van Tung et Yvonne Schultz.

Le ciel est parcouru de petits éclairs violets. J'essaie

d'imaginer ce que pouvait être cette maison avant les Khmers rouges, puis pendant les années où Phnom Penh fut laissée à l'abandon. La ville est à nouveau silencieuse. N'étaient de l'autre côté du mur d'enceinte des chiens qui hurlent à la mort. Les voisins élèvent ces chiens pour la viande, lesquels pressentent l'avenir et la boucherie. Ils ne cessent de se battre et de gueuler. Ou bien les voisins sont partis en province pour les fêtes. La viande de chien donne du feu au corps, dit-on, en manger trop risque de vous consumer de l'intérieur. Il faut y aller mollo, et fumer de l'opium pour équilibrer.

Je partirai demain à mon tour, puisque le procès de Douch est déjà suspendu. J'irai revoir l'étoile du soir se lever sur les ruines d'Angkor, et le vol des milliers de chauves-souris sur le ciel cendreux. Je lis la fin d'un roman de Farrère, *Les Civilisés*. On ne choisit pas son affectation. On pourrait préférer à tout cela une éclatante victoire navale. Le commandement du torpilleur 412. La passerelle d'un rafiot filant sur son erre avec déjà des voies d'eau dans la cale. Dernier capitaine les pieds mouillés lançant sa dernière torpille, voyant à l'horizon sombrer le *King Edward* des fourbes Anglais.

un chasseur de papillons

Lui c'est Mouhot. Henri Mouhot. Henri la Science. Reprenons tout au début. Son fourbi de lépidoptériste. Regardons-le s'approcher de la forêt avec son filet à papillons, s'évanouir dans l'ombre de la forêt, il n'en ressortira jamais. Mouhot a disparu.

Mouhot c'est le nez de Cléopâtre et la théodicée de Leibniz, l'histoire du battement d'ailes d'un papillon qui provoque une catastrophe des milliers de kilomètres plus loin ou des dizaines d'années plus tard. Sans Mouhot peut-être pas de rue Saint-André-des-Arts pour Ieng Sary et Ieng Thirith ni pour Pol Pot.

Ce paisible savant fait s'entrechoquer ici l'Orient et l'Occident, traîne dans son sillage l'exploration, la conquête, la colonisation, la guerre. Mouhot n'est pourtant pas le premier Européen à découvrir les temples d'Angkor. Des voyageurs portugais égarés avaient mentionné dès le XVIe siècle les grands fantômes de pierre sous la nuit humide de la forêt. Mais c'est qu'il écrit et dessine plutôt bien, Mouhot. C'est aussi qu'il est équipé d'un sextant et d'un compas. Des mois après sa mort dans la région de Luang Prabang, on retrouve ses effets, ses bocaux d'insectes, ses animaux empaillés, ses herbiers, son journal surtout. La position des temples d'Angkor y est consignée. C'est sous le Second Empire la mode de ces voyages en des terres inconnues que la mort solitaire nimbe d'une grandeur christique. On s'arrache les revues des Sociétés de Géographie, et *Le Tour du monde*, qui publie en feuilleton le journal de Mouhot, mais Mouhot n'en saura jamais rien. Mouhot est célèbre. La gloire anthume a du bon.

Qui fut cet homme que les dieux choisirent pour bouleverser à tel point l'Histoire qu'on pourrait ici remplacer 1860 par l'année-Mouhot, l'année zéro, à partir de laquelle tout événement serait daté en av. HM ou apr. HM ? On le sait atteint de grande bougeotte. Qu'est-ce qu'un gamin pauvre de Montbéliard né sous la Restauration irait foutre en Russie déjà. Il va y demeurer dix ans, jusqu'à Voronej, se fera précepteur en attendant mieux et l'aventure. Il pourrait continuer sa route vers l'est, et la Sibérie inexplorée où déjà sont déportés les Décembristes. Mais c'est à Jersey qu'il s'installe pour y étudier les papillons, et séduire la petite-nièce de Mungo Park. Voilà qui lui donne à la fois des idées et ses entrées à la London Geographical Society. Mungo Park avait mené deux expéditions sur le fleuve Niger, avait été réduit en esclavage pendant des mois par les Arabes, s'était enfui seul dans le désert. Attaqué par les Haoussas, il s'était noyé dans le grand fleuve qu'il entendait cartographier. Mouhot lui aussi est de ces savants encyclopédistes héritiers des Lumières, à la fois entomologiste, botaniste, hydrographe, archéologue. C'est avec un ordre de mission et des fonds anglais qu'il embarque pour l'Asie.

La planète n'est pas encore un grain de sénevé. On ne la traverse pas encore dans la journée. C'est alors cent trente jours à la voile entre Londres et Singapour. Une progression d'une centaine de kilomètres par mois. De Bangkok il gagne le Cambodge. « Penom-Penh, situé au confluent de deux grands cours d'eau, renferme une dizaine de mille d'habitants, presque tous chinois, sans compter une population flottante au moins du double. » Il progresse vers le nord à dos d'éléphant, passe les premiers mois de 1860 à Angkor qu'il écrit Ongkor, où il se bâtit une cabane de bambou, mais ce sont les bestioles qui l'intéressent. « Mes courses m'ont ramené plus d'une fois vers les grandes ruines qui se trouvent au milieu des bois, et j'y ai fait une collection de beaux papillons et de plusieurs insectes nouveaux. » Il entreprend cependant d'arpenter, puis de relever, « les vestiges irrécusables d'un empire écroulé et d'une civilisation disparue ». Au hasard de ses marches en forêt, et sur des distances considérables, il est peu à peu bouleversé par tous ces temples abandonnés, mangés de lianes et de racines, envahis par les singes, et prend conscience de découvrir, éparpillée, une œuvre « qui n'a peut-être jamais eu son équivalent sur le globe. Que ces pierres parlent éloquemment ! Comme elles proclament haut le génie, la force et la patience, le talent, la richesse et la puissance des Khmerdôm ou Cambodgiens d'autrefois ! ».

Mouhot navigue sur le grand lac Tonlé Sap qu'il écrit Touli-Sap. « Je fis l'achat d'une légère petite barque qui pût contenir toutes mes caisses, un étroit espace couvert pour ma personne et un autre pour les bipèdes et quadrupèdes composant toute ma famille d'adoption : deux rameurs, un singe, un perroquet et un chien. L'un de mes domestiques était cambodgien, l'autre annamite, chrétiens tous deux et connaissant quelques mots de latin et d'anglais, qui, joints au peu de siamois que j'avais déjà pu apprendre, devaient me suffire pour me faire généralement comprendre. » Au large, plus de papillons et il se fait ornithologue.

Il est étonné de voir le flot remonter du sud au nord au lieu de descendre vers le fleuve dont il semble le tributaire. On lui apprend le mouvement annuel de reflux du grand lac, le cœur du pays battant deux fois l'an, affluent puis défluent du Mékong. « Le débordement périodique des eaux se charge dans la plaine de rendre la terre d'une fertilité extraordinaire. Ici, l'homme n'a qu'à semer et planter, il abandonne le soin du reste au soleil, et il ne connaît ni ne sent le besoin de tous ces objets de luxe qui font partie de la vie de l'Européen. » On dirait du Jean-Jacques le botaniste quatre-vingts ans plus tôt ou du Pol Pot un siècle après. L'amour de la nature et la haine de la modernité, le goût de la vie simple et frugale. La soif d'aventure lui bombe le torse. Il manie le pluriel emphatique : « Nous avouons sincèrement que nous n'avons jamais été plus heureux qu'au sein de cette belle et grandiose nature tropicale, au milieu de ces forêts, dont la voix des animaux sauvages et le chant des oiseaux troublent seuls le solennel silence. Ah ! dussé-je laisser ma vie dans ces solitudes, je les préfère à toutes les joies, à tous les plaisirs bruyants de ces salons du monde civilisé, où l'homme qui pense et qui sent se trouve si souvent seul. » Mais c'est une façon de parler. Il changera d'avis, Mouhot. La misanthropie du promeneur solitaire est délicieuse tant qu'on a la santé. La sienne pendant les deux premières années semble être de fer. Seul et malade on fait moins le malin.

Il remonte le Mékong en direction du Laos. Les villageois qu'il rencontre sont paisibles et le prennent pour un doux cinglé inoffensif, observent en souriant son activité de taxidermiste, « cela attire une foule de curieux siamois et chinois qui viennent voir le Farang et admirer ses curiosités ». Il est badin encore, Mouhot, heureux dans la nature, la marche et la découverte, la vigueur d'un corps de jeune homme sain, il bande encore, Mouhot. La solitude de l'homme blanc est toujours peuplée de femmes indigènes. Mais ce journal, il le sait, pourrait tomber entre les mains de la petite-nièce jersiaise de Mungo Park. Il est plus disert quand il s'agit des mollusques d'eau douce. Avec la souveraineté d'un dieu taxinomiste, il baptise et il classe : nous lui devons le *Bulimus Cambogiensis* et l'*Helix Cambogiensis*, et puis enfin, à court d'idée peut-être, ou modeste vanité, l'*Helix Mouhoti.*

Mais voilà le pas s'alourdit, ralentit, s'englue. Le corps épuisé résiste moins bien aux amibes, à la dysenterie, aux parasites, à toutes ces saloperies dont regorge cette grandiose nature tropicale qu'on finit par détester et vomir. On est délaissé, loin de tout sauf de Luang Prabang, de l'autre côté du Mékong et sans remèdes. On est devenu minéralogiste ou orpailleur, rendu fou peut-être aussi par la fièvre de l'or. On a trouvé quelques pépites ou paillettes dans le lit de la Nam Ou. Pourtant on s'emmerde il faut bien le dire. Le ton du journal s'assombrit. On en vient à regretter la bêtise et la petitesse des salons de Montbéliard : « Je me sens triste, pensif et malheureux. Je regrette le sol natal. Je voudrais un peu de vie. La solitude continue me pèse. » Un peu au-dessus de la rivière, il est allongé dans son carbet sous l'averse chaude, recroquevillé sur son grabat grouillant d'insectes qu'il écrase sans chercher leur nom, il fait sous lui, Mouhot, boit l'eau fangeuse, écrit de moins en moins. Une seule phrase le 19 octobre 1861 : « Je suis atteint de la fièvre. » Puis rien pendant dix jours. Et enfin les derniers mots, tracés d'une main implorante le 29 : « Ayez pitié de moi, ô mon Dieu. » Il meurt à trente-cinq ans.

Des mois plus tard, des porteurs transportent vers Bangkok les bocaux, les carnets gribouillés d'une langue et d'un alphabet inconnus, les effets crasseux, peut-être le filet à papillons troué. Les bestioles et les coquillages seront insuffisants pour assurer la renommée de Mouhot. Il est l'homme qui est mort pour avoir découvert les temples d'Angkor. On publie son journal. Les livraisons de la revue *Le Tour du monde* font naître en France le mythe d'Angkor. Ainsi, sous la forêt obscure, Angkor Vat attendait la France. Les Cambodgiens, qui l'ignorent encore, le découvriront bientôt.

Les civilisations à leur apogée aiment contempler l'apogée des civilisations disparues et frissonner devant l'avenir. C'est Bonaparte devant les pyramides d'Égypte. Pour le Second Empire ce sera Angkor. La voie est tracée avec précision par Mouhot : « vers le quatorzième degré de latitude et le cent deuxième de longitude à l'orient de Paris, se trouvent des ruines si imposantes, fruit d'un travail tellement prodigieux, qu'à leur aspect on est saisi de la plus profonde admiration, et qu'on se demande ce qu'est devenu le peuple puissant, civilisé et éclairé, auquel on pourrait attribuer ces œuvres gigantesques ».

À la lecture de ces phrases, au cœur de l'Europe prospère et éclairée, au centre du monde, peut-être éprouve-t-on déjà le vertige de la chute, pressent-on le déclin, l'autodestruction des guerres mondiales, le gouffre de l'oubli. Que resterait-il de cette civilisation-là ?

L'Europe se convainc que la planète, de gré ou de force, doit accueillir pour son salut les sciences et les techniques de l'Europe, la médecine, la chirurgie, l'industrie ferroviaire et les mitrailleuses Maxim posées à la proue des canonnières, qui remontent lentement les fleuves des réticents. Les pluies de flèches en bois qui s'abattent sur le pont et résonnent contre la cheminée métallique ne sauraient entraver l'avancée triomphale. L'Empereur des Français envoie des missions au Salvador, place Maximilien sur le trône du Mexique, finance la mise au point du moteur à pétrole pour les cargos. En Afrique les explorateurs arpentent le blanc rétrécissant des atlas. On crée sur le Niger le grade de commandant du Haut-Fleuve.

En cette année 1860, pendant que Mouhot découvre les temples d'Angkor, Ferdinand de Lesseps perce le canal de Suez et fait de l'Afrique une île. William Walker, qui voulait creuser le canal du Nicaragua, est fusillé sur une plage du Honduras. Stanley, qui plus tard s'en ira chercher Livingstone égaré, traîne encore à La Nouvelle-Orléans. À Paris, l'impératrice Eugénie et le parti des dévots attirent l'attention de l'empereur vers l'Asie. C'est l'expansion, la conquête, le génie de l'Europe et du Progrès magnifié par les romans de Jules Verne et plus tard les constructions de Gustave Eiffel. Les derricks des champs de pétrole et les navires à coque en fer. Les quais et les grues des grands ports de mer. Les paquebots si blancs aux decks fauberdés, les perroquets et les bananes sur les affiches des Messageries. Vers l'Extrême-Orient s'envolent aussi les gerfauts. La marine française mouille au large de la Cochinchine. En 2 apr. HM, elle y fonde Saigon.

C'est une course contre l'Angleterre et l'Allemagne pour accéder à la Chine. La première est en Inde, en Birmanie, trace des pistes vers l'est et le nord. La seconde est à la traîne, empêtrée dans ses déboires africains. Plus tard Bismarck jettera l'éponge, acceptera de se défaire même de Zanzibar contre l'île d'Heligoland. Il refusera cependant de restituer l'Alsace et la Lorraine en échange de la Cochinchine, comme le lui proposera l'impératrice après la défaite de Sedan. Pendant plus d'un siècle, jusqu'à la fin de la Guerre froide, se donneront libre cours, dans cette Indochine ravagée, écrasée de bombes, les folies de l'Europe puis de l'Amérique, de la Russie et de la Chine. Les rêves écroulés, les actes d'héroïsme grandiose et les lâchetés immenses, les barbaries. Tout ce contre quoi voulaient lutter, à juste titre, quelques étudiants idéalistes du tiers-monde.

Je marche sur la terrasse du Roi lépreux. Ces ruines, que le prince Sihanouk utilisait comme décor de ses films, amenèrent Mouhot, quarante ans avant le voyage de Loti à Angkor, mais dans un style déjà pré-lotien, celui de la description des vanités, à la conscience de la « triste fragilité des choses humaines ! Que de siècles, que de générations se sont succédé ici, dont rien probablement ne nous dira jamais l'histoire. Que de richesses et de trésors d'art demeureront à jamais enfouis sous ces ruines. Que d'hommes illustres, artistes, souverains, guerriers, dont les noms dignes de passer à la postérité ne sortiront jamais de l'épaisse couche de poussière qui recouvre leur tombeau ». Des vols de chauves-souris balaient ce soir comme des colonnes de fumée le ciel gris sombre.

La seule invention digne d'Angkor fut celle de Coppola.

L'idée de déplacer le cœur des ténèbres de Conrad depuis Kisangani au Congo vers le Cambodge, et d'installer là le vieux Kurtz délirant, le visage rayé de ses peintures de guerre. L'Horreur ! L'Horreur !

On peut regretter que le bourreau Ta Mok n'ait pas eu le talent de Coppola, et sans doute n'ait pas vu *Apocalypse Now*, ni lu Conrad, et n'ait pas assigné ici, sur la terrasse du Roi lépreux, le vieux Pol Pot, son prisonnier, au lieu de l'enfermer dans sa cabane d'Anlong Ven, pas très loin d'ici. Le vieux Pol Pot aux mains pleines de sang, prisonnier de ses propres troupes dans la jungle d'Anlong Ven, à la frontière thaïlandaise, jusqu'à sa mort en 1998. En 138 apr. HM.

la mort de Pol Pot

Et puis toujours le présent vous retrouve, vous rattrape, le soir, sous la forme addictive du papier journal qu'on déplie devant son verre, sur une table du bar Malraux de Siem Reap, non loin des temples. Que s'est-il passé de si important à Bangkok depuis le passage de Mouhot ? La vie suit son cours et les révolutions échouent.

Les Chemises rouges ne sont pas parvenus à s'emparer du pouvoir. Bangkok est momentanément préservée de la guerre civile. Pendant tout ce temps des émeutes, leur chef Thaksin rongeait son frein à la frontière. Son jet privé s'est posé deux fois au Cambodge, à Phnom Penh et à Koh Kong. Au tout dernier moment, devant la tournure que prenait sa révolution populiste, le pleutre a décidé de disparaître à nouveau dans le ciel, d'abandonner ses lieutenants à la prison. C'est un rouleur de mécaniques, Thaksin. Après l'instauration de l'état d'urgence, les affrontements, les blindés dans les rues, on ramassait les premiers morts et depuis le ciel il haranguait encore :

– Maintenant qu'ils ont des chars dans les rues, voici venu le temps de la Révolution !

C'est plus admirable quand on est debout sur une

barricade et le torse bombé devant la salve. Il est assis dans son jet devant un whisky-glace. Les meneurs ont été arrêtés et incarcérés. Le voilà apatride, Thaksin, lui qui souhaitait rentrer à Bangkok débloquer ses comptes en banque. Le voilà tout seul avec sa bite et son couteau et son passeport nicaraguayen. Plus qu'à acheter une guitare et se faire chanteur de charme dans la station balnéaire de Montelimar sur la côte Pacifique. Et voilà ce soir El Chino qui vous interprète *Managua Nicaragua is a beautiful town.*

Mais parfois les carrières politiques ménagent les rebondissements du théâtre. Et après que tous les sandinistes du Movimiento Renovador Sandinista ont été écartés du pouvoir, et pour certains ont repris leur labeur d'écrivains, l'inusable Daniel Ortega, l'ancien guérillero en treillis frappé de folie mystique, pactise avec Thaksin le démagogue thaïlandais. Vieillir est très dangereux.

Il n'est pas sûr que Sondhi Limthongkul, fondateur du parti des Chemises jaunes, vieillisse quant à lui beaucoup. Son automobile a été arrosée à l'arme automatique dans une rue de Bangkok. Pour égarer les enquêteurs, les armes sont œcuméniques. Parmi la centaine de projectiles retrouvée dans la tôle et les sièges du puissant véhicule, le corps et le cerveau de son propriétaire, on dénombre une proportion équilibrée de munitions de M-16 et d'AK-47. Un chirurgien annonce qu'il vient d'enlever un fragment de la boîte crânienne du patient, puis la balle qui était au fond. On voit le blessé arriver à l'hôpital sur un brancard, vêtu d'une chemise blanche, à ce point ensanglantée qu'elle paraît désormais afficher son obédience au parti adverse. On pense à l'incorrection de montrer cet homme inconscient, sanguinolent. Mais comme le roi autrefois, chacun aujourd'hui a deux corps. Celui-là est le médiatique.

Personne non plus n'a respecté le droit à l'image de Che Guevara percé de balles sur son lavoir à Vallegrande, ni celui de Jonas Savimbi, le pantalon baissé sur son caleçon à rayures bleues et blanches dans la jungle angolaise, ni de Pol Pot, ou de ce cadavre qu'on dit alors être celui de Pol Pot, en avril 1998, dans la jungle d'Anlong Ven. Un bloc de glace est suspendu par une corde au cou du cadavre puant. Le film amateur tourné par les Khmers rouges de Ta Mok n'est pas de bonne qualité, l'image sautille. C'est une mise en scène moderne de l'incinération du Roi lépreux. La mise en bière de la dépouille de Pol Pot avec son pain de glace sur le ventre. Une clairière dans la forêt d'Anlong Ven. On y dispose à plat des pneus de camions, et par-dessus le matelas de Pol Pot, puis le corps de Pol Pot dans sa boîte en bois, et par-dessus la boîte les meubles de Pol Pot, le fauteuil en rotin de Pol Pot. On arrose le tout d'un jerrycan d'essence. On entend le craquement des os où bout la moelle. Aucune autre preuve de la mort de Pol Pot que ce film sur lequel on ne distingue rien. La fumée noire est-ce vraiment lui, ces quelques molécules du monstre qui montent au ciel en attente de la réincarnation ? Aujourd'hui on a bâti au milieu de la clairière une espèce de grange couverte de tôles. Des anonymes viennent y déposer des offrandes et allumer des bâtonnets d'encens.

Là où le mal, dit-on, fut consumé.

l'œuvre littéraire de Pol Pot

Celui qui se conduit vraiment en chef ne prend pas part à l'action.

Lao Tseu

Celui que maintenant ses anciens compagnons diabolisent sans retenue, substituant son nom à celui de l'Angkar, est un mort qui arrange tout le monde, et surtout les accusés du procès. Ça n'est plus l'Angkar qui voulait, ordonnait, tuait, torturait, ce n'est plus la compagnie des Frères numérotés mais Frère n° 1, omniprésent, condamnant dans chaque village, dans chaque camp de travail, Pol Pot doué d'ubiquité comme le Malin assoiffé de sang que personne ne pouvait arrêter, que tous craignaient, pour lequel ils éprouvaient une terrible aversion.

On ne saura jamais tout de Saloth Sâr, sinon qu'il était le seul des jeunes amis parisiens qui fût proche de la famille royale. Sa cousine Roeung était une des concubines du roi Monivong. On ne sait trop d'où lui vient le nom de Pol Pot, sinon de Politique Potentielle, et de ses longues années passées dans la jungle à verrouiller l'organigramme du Parti. Ce fut sans doute le moins intellectuel du groupe des jeunes amis, partant le plus efficace. Un sourire enjôleur dans un visage un peu poupin, un talent d'orateur. Il avait ce qu'il faut de courage physique et d'intelligence moyenne, d'obstination, pour devenir un aventurier, un Kurtz, un Mayrena, un Perken. Et le monstre bien sûr est captivant. Parce que souvent les victimes sont sans passé, que leur vie est effacée. Celle des bourreaux est sue et fascine. Victime, on sait bien pouvoir tous le devenir.

Et dans sa réclusion d'Anlong Ven, après sa condamnation par Ta Mok, son assignation à résidence, son impossibilité de quitter cette baraque en bois dans la forêt, entouré du dernier carré des troupes khmères rouges qui ne seront vaincues qu'au printemps 1999, Pol Pot laisse libre cours à sa fureur contre les traîtres et les factieux, contre Ieng Sary, enrichi à Pailin dans le trafic des pierres précieuses, contre Khieu Samphân et Nuon Chea, qui s'en vont à Phnom Penh à l'hôtel Royal demander pardon du bout des lèvres. Il ressasse leurs vieilles conversations de la rue Saint-André-des-Arts, leurs pactes solennels, leurs serments inaliénables, leur main sur le cœur, le poing brandi. Ta Mok, le Boucher unijambiste, hausse les épaules. Lui n'est pas parisien, il n'a jamais connu la rue Saint-André-des-Arts. Il est inaccessible à la nostalgie de la rue Saint-André-des-Arts.

C'est à Paris que Pol Pot a lu la littérature française. Il a aimé de Rimbaud *Une saison en enfer*. Il a lu *La Voie royale* de Malraux comme il a lu *Les Civilisés* de Farrère. C'est avec cette décadence de l'Occident qu'il veut en finir. Dès la victoire ces livres seront interdits. Il a le devoir de les lire et ensuite de les interdire. À Paris, le Khmer humilié songe à la gloire angkorienne disparue. Il lit Mouhot : « Il y a peu de nations qui présentent un contraste aussi étonnant que le Cambodge, entre la grandeur de leur passé arrivé au point le plus culminant et l'abjection de leur barbarie actuelle. » Un siècle après Mouhot, il entre dans la forêt-clairière à son tour, puis la jungle. Pour de longues années, il le sait. « Je reviendrai, avec des membres de fer, la peau sombre, l'œil furieux : sur mon masque, on me jugera d'une race forte. » Il s'en veut de n'avoir pas oublié Rimbaud.

Il rêve de rendre au Kampuchéa sa gloire éteinte. Il échoue. Le voilà, près de quarante ans plus tard, seul et malade dans cette cabane, en compagnie de sa cuisinière illettrée qu'il vient d'épouser. Elle a quarante ans de moins que lui, elle ignore l'Histoire, elle vient de lui donner une petite fille. « Les femmes soignent ces féroces infirmes retour des pays chauds. Je serai mêlé aux affaires politiques. » C'est entêtant, Rimbaud. Assis dans son fauteuil en rotin dans la cabane d'Anlong Ven, prisonnier désœuvré, il aimerait avoir ici quelques livres. Les jeunes chauves-souris qui le surveillent n'en ont jamais vu, ignorent peut-être le mot. Il a fait interdire les bibliothèques, les librairies, brûler les livres. Il sait qu'il a échoué sur toute la ligne. Il aurait peut-être préféré à tout cela un peu de poussière dorée de la gloire littéraire. Écrire comme Sihanouk des romans anodins ou bien tourner des films. Mais aucun livre de Pol Pot. Pas même des poèmes de jeunesse pour les salles des ventes comme les aquarelles d'Adolf Hitler. L'œuvre littéraire de Pol Pot n'existe pas.

Souvent les écrivains, à l'inverse, voudraient agir, peser sur l'Histoire, la marche du monde, ou brasser des millions, quitter le labeur du papier. Vendre des armes en Abyssinie. Souvent les écrivains pourtant ne savent qu'écrire. Bons qu'à ça.

Deux écrivains sur la paille, et qui ont tenté de s'en sortir de manière peu littéraire, en 1924, l'un parti pour Rio et l'autre pour Saigon, ont échoué chacun de leur côté. C'est le mirage des terres brésiliennes de Cendrars, qui se voyait déjà roi du café ou du pétrole, et le procès de Malraux à Phnom Penh, arrêté pour avoir dérobé des œuvres angkoriennes dans le temple de Banteaï Srey. Ces échecs sont heureux. Les rêves de fortune évanouis, il leur faut bien reprendre la plume, le stylo, la Remington portative, le labeur du papier. Aussitôt cela donne *L'Or* et *Moravagine* d'un côté, *La Voie royale* de l'autre.

Malraux avait quitté Marseille en octobre de l'an 63 apr. HM. C'est un petit jeune homme en costume blanc de vingt-deux ans qui débarque au Tonkin, descend depuis Hanoi vers Saigon, découvre la vie de Mayrena, gagne Phnom Penh où il organise son expédition avec Louis Chevasson, remonte le Mékong à bord d'une navette fluviale. La bande s'installe à Siem Reap. D'ici en char à bœufs jusqu'au temple oublié de Banteaï Srey, près duquel on dresse un campement sous la jungle. Pendant des jours on dégage des pans de murs enfouis sous la végétation et les mousses, les racines des arbres géants, les fougères. On tue des serpents. La scie sur la pierre. Un pan incliné en bambou pour hisser sur les charrettes quatre grands blocs sculptés, aujourd'hui au musée des Beaux-Arts de Phnom Penh. La bande est dénoncée, arrêtée sur le chemin du retour. Malraux condamné à trois ans de prison ferme.

Il fait appel, s'assoit au bar du Royal dans l'attente du verdict, câble à Paris. Le jeune homme en costume blanc est connu déjà. Une pétition rassemble les signatures de Gide et de Paulhan, de Mauriac et de Breton, d'Aragon. À une époque où la littérature compte encore un peu, c'est assez pour impressionner un administrateur en Indochine à deux doigts de la retraite et du Midi de la France. Lequel repose la pétition, sort l'absinthe du buffet, s'éponge le front, ouvre une petite boîte métallique de la Régie et sort la pipe du tiroir. Il cherche le numéro du palais de justice, mais sait-on jamais, avec les jeunes juges, parfois des saints martyrs qui n'attendent que ça, ont envie de se faire un nom à Paris, ne pas finir en Indochine, moisir dans ce trou comme ils disent. Et pourtant, s'ils s'attardent dans ce trou, ils finiront bien eux aussi par acheter les petites boîtes métalliques de la Régie, suçoteront leurs pipes de l'après-midi pendant qu'on leur sucera la leur avant la sieste. Pas nous emmerder longtemps avec leurs conneries, décide l'administrateur. Il décroche le combiné. Lui s'en fout, de ces blocs de pierre, il connaît l'Histoire, il en a vu d'autres. Il sait que les civilisations naissent et meurent. Que les vivantes à leur apogée pillent les perdantes. C'est ainsi. Bonaparte son obélisque égyptien, les Anglais les frises du Parthénon, un jour les Chinois la tour Eiffel. On leur a bien pété leur palais d'Été avec les Anglais, quand on était les cadors.

Au procès en appel à Saigon la peine est ramenée à un an avec sursis. Malraux revient en Cochinchine en 1925 fonder un journal anticolonialiste. En 1930 il publie son roman autobiographique et invente son double aventurier Perken. C'est la gloire littéraire et ça n'est pas assez. Il veut encore agir, peser sur l'Histoire, sortir de la bibliothèque. Il rencontre Trotsky à Saint-Palais en 1934. Il consigne la vie des hommes illustres, veut devenir lui aussi un homme de Plutarque. Ce sera la guerre d'Espagne, les mitraillettes et les avions, la Résistance, le ministre gaullien. Jusqu'à la fin de sa vie, il pense écrire une vie de Mayrena.

Il n'a que le titre : *Le Règne du Malin.*

Au fond de la cour, une baraque en bambou, dissimulée sous les bananiers et les palmiers, fait office de salle de massage. Dans l'obscurité, des nattes sur le sol. Au plafond un ventilo brasse l'air chaud. Une femme plus très jeune dont je ne saurai jamais le nom. Pas un mot. La peau très brune des femmes khmères, les trois sillons sur le cou, jamais un sourire, hiératique, le regard dur. Une Néari révolutionnaire. A-t-elle torturé ? A-t-elle été torturée ? Dans les rais de lumière des persiennes, son corps souple est découpé en lamelles soyeuses et cuivrées, nous sommes tous les deux baignés de sueur. Demain je m'en irai. Après avoir lu les journaux à la réception, j'ai réservé une embarcation pour traverser le Tonlé Sap. Du roman de Malraux demeurent deux souvenirs obsédants, le premier est sa tentation des armes à feu. « Toute ma vie dépend de ce que je pense du geste d'appuyer sur cette gâchette au moment où je suce ce canon. »

Le second est la scène du bordel à Djibouti, après que Perken avait écarté les allumeuses du premier rang qui se pendaient à son cou, et choisi dans l'ombre une boudeuse à l'écart, parce que celle-là, ça n'avait pas l'air de trop lui plaire. Je me souviens d'un bordel souterrain à Bangkok qu'on appelait autrefois l'abri antiatomique, parce que les liaisons téléphoniques ne franchissaient pas la dalle de béton. Une vieille maquerelle chinoise m'y offrait du pop-corn. Elle me racontait la grande époque des GI en permission qui arrivaient du Vietnam. En fin de semaine des vendeuses des boutiques alentour venaient y tapiner un peu. Et je revoyais la scène du bordel de Djibouti, l'héroïsme et l'érotisme de Perken, le rêve des combats perdus d'avance pour se dépasser soi-même, aller plus loin, être plus grand que soi, combattre la mort en soi, s'emparer du pouvoir quelque part, devenir roi des Sedangs ou des Jaraïs. La poésie de la beauté guerrière. Hector sanguinolent traîné dans la poussière derrière le char. Le bel orgueil des condamnés refusant la grâce. L'exaltation tragique, l'allégresse farouche de l'échec consenti. Et songeant à Perken, pendant que la Khmère consciencieuse écrase mes muscles dans la poussière jusqu'à la douleur, je sais combien des hommes vieillissants peuvent être aussi dangereux que des buffles ou des gaurs à l'agonie, qui voient venir la déchéance et n'en veulent pas, ne craignent plus la mort ni le regard des autres, et pourraient aussi se jeter dans les pires aventures aussi bien que de jeunes étudiants idéalistes.

S'enflammer encore une fois avant d'être tout à fait ignifugés.

le Règne du Malin

J'ai jadis entendu les Cochinchinois, à l'heure de l'absinthe, parler de Mayrena.

Malraux

Par quel bout l'attraper, celui-là qui fit rêver Malraux ? À quel moment de sa vie pincer le fil de la pelote et la dévider ? À l'heure de sa gloire éphémère peut-être. Il est alors roi des Sedangs, quelque part sur les hauts plateaux, derrière les montagnes de l'Annam, sous le nom de Marie Ier, porte l'uniforme de grand apparat dessiné pour lui à Bruxelles. Il bat monnaie, imprime des timbres, commande un hymne national, voudrait attirer des prospecteurs en son royaume.

Souvent c'est la crainte de ne pas égaler les pères qui fait les aventuriers. Celui de Marie-Charles David de Mayrena est officier de marine. Le fils échoue au concours de l'École navale de Brest. Il choisira lui-même son affectation. Dès 1863, un an après l'arrivée ici du premier corps expéditionnaire, en 3 apr. HM, il est spahi en Cochinchine. Il rentre en France, combat en 70 contre la Prusse, le voilà médaillé militaire, le courage physique ne semble pas lui faire défaut, mais c'est l'or, la gloire, il essaie de devenir banquier ou escroc, doit fuir aux Indes néerlandaises où Rimbaud lui aussi avait déserté.

L'homme est convaincant, séducteur, matamore. Le baron Seillière finance ses projets périlleux et lointains, ses trafics d'armes. Depuis les côtes de l'Annam, il monte plusieurs expéditions vers le pays lao ou vers le Ratanakiri inviolé, traverse en altitude les forêts froides et pluvieuses. Il a recruté dans les ports de l'Asie quelques allumés âpres au gain, des porte-flingues, leur chef sera roi et plus que roi, à eux le pouvoir sur les femmes, sur les indigènes, les piastres d'argent dans leur besace. Le voilà chef de bande, pendant ces années où d'autres qui ont son âge, mais n'ont pas échoué au concours de la Navale, ont quitté Brest et sont devenus capitaines, pendant que Brazza et Loti naviguent en paix sur les océans. Mayrena soumet quelques tribus et se proclame roi des Sedangs. On ignore la cartographie de son royaume. Pendant des années on le croit disparu, mangé par les fauves, ou les pieds percés par les chamrongs, qui sont les pointes de bambou empoisonnées cachées sous les feuilles. Marie Ier débarque en 1888 dans le port de Hong Kong en grand uniforme. Il cherche le soutien du Kaiser, menace de déclarer la guerre aux Français avec l'appui de Bismarck. Puis il se rend à Bruxelles pour tenir ambassade et s'offrir une petite mousse.

Mégalomane, mythomane, amateur d'opérettes, homme à poules et habile à séduire aussi les gogos, il collecte des fonds et regagne son royaume avec tout un cabaret de danseuses aux fanfreluches roses. Mais la fortune ne vient pas, l'or est introuvable. Était-ce bien raisonnable aussi d'imprimer les timbres avant de créer la Poste ? C'est la terrible chaleur, les guerriers aux dents sciées prompts à se retourner contre leur souverain. Il faut bien en torturer quelques-uns pour l'exemple, les attacher sanguinolents comme des Christs nus au milieu de la clairière. En 1890 il est à Singapour. C'est l'année où Brazza et Conrad naviguent sur le fleuve Congo vers le cœur des ténèbres. Le consul de France fait savoir à Sa Majesté pleine de sang que son royaume en son absence a été annexé à la zone d'influence de la République, laquelle interdit tout retour du monarque en Indochine. Il faudrait encore une fois lever une troupe et l'armer, traîner dans les bouges du port et recruter des marins désœuvrés, allumer dans leurs yeux alcooliques la fièvre de l'or et des femmes, mais est-ce bien là le métier d'un roi. Il est las, Mayrena. Son royaume n'intéresse plus que les philatélistes. C'est peu à peu la chute, la folie, la paranoïa, le voilà souverain en exil. Son dernier modèle sera Lesseps.

Depuis Singapour, Mayrena monte une compagnie pour le percement du canal de Kra dans la péninsule malaise. Il fait imprimer des titres, vend des parts. Mais pas un coup de pioche. Pour le roi en haillons qui rince sa cour à crédit au fond des caboulots, rien n'avance, rien ne progresse sauf la folie, la peur, souvent il faut une île pour vous apaiser, la sécurité insulaire d'un lazaret, ce sera celle de Tioman au large de Singapour. Il s'y retire au milieu de sa maigre troupe loqueteuse de porte-flingues, de sa cour déchue, de ses danseuses décaties aux fanfreluches roses, de ses fourbes conseillers qu'il a faits barons. Il s'attend au débarquement de toutes les armées du monde réunies pour lui prendre Tioman. Il craint l'empoisonnement ou une révolution de palais, ne mange ni ne dort, il y meurt en effet, d'empoisonnement peut-être, de la morsure d'un serpent selon d'autres sources, ou d'une balle dans la tête.

Sa légende traîne encore à Saigon aux terrasses des cafés trente ans plus tard à l'arrivée de Malraux. Elle fait rêver les demi-soldes et les fonctionnaires coloniaux. Mayrena fut de ces coyotes qui reniflent dans les pas des premiers conquérants. Autre chose tout de même que de doucement se suicider au vermouth-cassis aux terrasses de la rue Catinat. Dans ses *Antimémoires*, le vieux Malraux imagine encore en faire un scénario de film, *Le Règne du Malin*. Mais c'est Coppola qui les rassemble tous en un bouquet vénéneux dans son colonel Walter Kurtz, rassemble le héros de Conrad et Marie Ier et Pol Pot dans l'image de l'horreur et de la folie.

C'est encore la guerre au Cambodge, l'année du tournage. Coppola doit faire construire son Angkor aux Philippines, reconstruire là-bas Angkor comme Angkor avait été reconstruit dans le bois de Vincennes à Paris en 1931 pour l'Exposition coloniale. Un an après la publication de *La Voie royale*, où apparaissait déjà Mayrena.

Conrad n'est jamais allé jusqu'à Angkor. Trop loin de la mer peut-être. Et pourtant deux de ses romans, celui qu'il avait situé au Congo, et *Lord Jim* en Malaisie, seront transposés dans la jungle du Cambodge. Angkor est élevé sur le cœur noir de l'œuvre de Conrad.

seul et sur l'eau

Mon vaisseau est constellé de fleurs artificielles en étoffes colorées. Je suis assis sous un parasol jaune dans un fauteuil en plastique bleu, un livre ouvert sur les genoux, une cigarette à la main. J'ai loué pour moi seul l'embarcation supposée accueillir une vingtaine de passagers bruyants et une radio à plein volume. J'ai exigé le silence. Je tenais à montrer de quoi la France encore est capable. Que le moindre de ses poètes voyage en si grand équipage doit frapper ses ennemis d'une sainte terreur et les jeter à genoux prosternés vers le sol. Passe un grand talapoin sous un parasol jaune dans un fauteuil en plastique bleu.

Plutôt que de contempler le paysage, je relis Mouhot. « L'entrée du grand lac du Cambodge est belle et grandiose. Elle ressemble à un vaste détroit, la rive est basse, couverte d'une épaisse forêt à demi submergée… » C'était encore la lenteur d'avant les moteurs. « Il me fallut trois grandes journées de navigation pour traverser, dans son diamètre, la petite Méditerranée du Cambodge, vaste réservoir d'eau douce… » C'était encore la description d'avant la photographie, la confiance depuis Hérodote en la langue écrite pour dire le monde. La syntaxe était celle de Michelet ou de Quinet et sentait encore son latin, son ampleur.

« Aujourd'hui comme aux jours de Pline et de Columelle, la jacinthe se plaît dans les Gaules, la pervenche en Illyrie, la marguerite sur les ruines de Numance, et pendant qu'autour d'elles les villes ont changé de maîtres et de noms, que plusieurs sont rentrées dans le néant, que les civilisations se sont choquées et brisées, leurs paisibles générations ont traversé les âges et se sont succédé l'une à l'autre jusqu'à nous, fraîches et riantes comme au jour des batailles. »

Devant une carte de la Malaisie, hier soir, au bar Malraux de Siem Reap, je soupesais le dernier projet de Mayrena et constatais qu'en effet, à cet endroit le plus étroit de la péninsule, poursuivant cette longue remontée d'eau qui, depuis l'océan Indien jusqu'à Kra Buri, est aujourd'hui une frontière entre le Myanmar et la Thaïlande, il pourrait être judicieux de creuser jusqu'au golfe de Siam et Chumphon. L'entreprise aurait pu séduire Ferdinand de Lesseps et le détourner du Panama. Séduire William Walker et le détourner du Nicaragua. Ce canal aussi mettrait fin à une part de la piraterie dans le détroit de Malacca. Et il n'est pas dit qu'un jour je ne vende des actions. Le moteur au gas-oil tourne à bas régime.

Derrière moi, le capitaine et sa toute petite fille, assise sur une glacière, ne savent pas qu'ils convoient le futur Gouverneur général du canal de Kra. C'est la fin de la saison sèche. Le Tonlé Sap verse encore ses eaux dans le Mékong mais à faible débit, avant que son cours ne s'inverse, bientôt grossi par la fonte des neiges de l'Himalaya d'où ruissellent aussi, comme les doigts écartés d'une main, l'Irrawaddy et le Gange. Les berges se resserrent, longent les chevelures ébouriffées des palmiers à sucre sur les diguettes au-dessus des rizières. Les baraques en tôles sur pilotis des pêcheurs comme de grands échassiers noirs à l'arrêt. Le clocher d'une église sur l'île des Vietnamiens. Des bananeraies au-dessus des roselières du bord de l'eau. Au loin les grues dressées, les premières tours de Phnom Penh en construction, les pagodes aux toits scintillants, les bacs amphidromes pour cinq ou six automobiles. Près du port, des cannettes métalliques de bière Angkor font un liséré d'or sur la rive, balancées par-dessus bord à la période des hautes eaux, et aujourd'hui prisonnières, à la limite de l'herbe et du jusant bourbeux. Touffes de lotus comme jacinthes d'eau sur le Congo.

Ernest & Francis

Dès lors tout va très vite. Nous sommes en 6 apr. HM. Ce fleuve que je viens de descendre un peu, ces deux-là furent les premiers à le remonter, à la tête d'une petite expédition de la marine. Eux non plus n'ont pas choisi leur affectation. Ils en éprouvent cependant un orgueil légitime. Dans le port de Saigon fondé trois ans plus tôt, où l'Arsenal est encore en construction, on leur remet le commandement de deux canonnières, la 27 et la 32, quelques hommes d'équipage. Les couleurs sont envoyées au clairon. Les drapeaux pendouillent dans la chaleur humide.

Ils reçoivent mission de remonter le Mékong le plus loin possible vers le nord, jusqu'à la Chine. Les deux canonnières empruntent en convoi le petit arroyo de la Poste pour gagner My Tho et rejoindre un bras du delta. Les pluies ont gonflé les eaux jaunes et boueuses qui inondent les joncs et les bambous dans les marais des rives. Le terme de canonnière, tel qu'on l'emploie alors, pourrait donner une image plus martiale que la modeste réalité. C'est un peu le but recherché. Ce sont des embarcations étroites à coque en fer et fond plat, capables tout au plus d'essuyer une pluie de flèches. La lisse de celles-ci est rehaussée d'un bastingage qui supporte un taud continu comme une tonnelle, de la poupe à la proue, percé par une cheminée centrale d'où s'élève dans l'air grisâtre la fumée noire du charbon. Voilà le Progrès en marche. La 27 pourtant est tout au bord de la ferraille et n'ira pas très loin. Sa chaudière perd la vapeur par tous les joints. La peinture en certains endroits est plus épaisse que la tôle.

Les deux chefs quant à eux sont jeunes et vigoureux. Ce sont des marins expérimentés. Ernest Doudart de Lagrée est polytechnicien et capitaine de frégate. Il a négocié les accords du protectorat avec le roi Norodom du Cambodge. Francis Garnier, lieutenant de vaisseau, a quitté l'École navale de Brest une dizaine d'années avant que n'y fussent admis Brazza et Loti. Il a croisé le cap Horn sur un trois-mâts barque lors d'une navigation entre Rio et Valparaiso, a participé au sac du palais d'Été à Pékin, a publié déjà deux ou trois opuscules. Ces deux-là ont été choisis par le ministre de la Marine, Chasseloup-Laubat, par ailleurs président de la Société de Géographie et proche de l'empereur. On leur commande de prendre de vitesse les Anglais. Personne encore n'a cartographié le cours du Mékong, ni ne sait jusqu'où le fleuve est navigable et ouvert au commerce. Lagrée ne reviendra jamais, mourra quelque part au Yunnan après deux ans d'efforts. Garnier rentrera couvert de gloire.

Mais il aura deux vies, Garnier. La seconde sera furieuse et noire. Elle lui vaudra de finir décapité au sabre, le cœur arraché et les couilles coupées. On ne peut déterminer dans quel ordre ces sévices lui furent infligés.

J'ai prévenu Mister Liem que j'allais m'absenter, peut-être longtemps. Je vais prendre un avion pour Hô

Chi Minh-Ville. J'irai attendre là-bas la progression du procès de Douch et lirai le soir les comptes-rendus d'audience. Mister Liem m'accompagne à l'aéroport de Pochentong au volant de sa vieille Toyota Camry. J'ai résolu d'aller chercher le fleuve à son extrémité pour le remonter comme j'avais un peu remonté l'Ogooué sur les traces de Brazza. Je louerai un sampan dans le delta du Mékong. Un jour je l'appellerai. Il viendra me chercher au port de Phnom Penh. Il hausse les épaules. Le projet lui semble absolument farfelu. Puisque nous y sommes déjà, à Phnom Penh. Et que les Vietnamiens demeurent selon lui des ennemis redoutables. Mais enfin *good luck my friend.*

sous la mousson

Des navires accostés débarquaient leurs marchandises, et des coolies couvraient de prélarts les amas de caisses et de tonneaux. Cela sentait l'odeur des ports maritimes, poussière, céréales et goudron ; mais le parfum de Saïgon, fleurs et terre mouillée...

Farrère

C'est ici, sur la façade vietnamienne, que se déversent chaque soir les gros baquets d'eau chaude évaporée du Pacifique. Le ciel noircit. Des cataractes s'écroulent dans le vacarme sur les toits, inondent les rues comme une marée. Un dernier grand coup de vent en bourrasque balaie les nuages. C'est le retour au calme, le velours de la nuit tiède. L'ancien nom de la ville signifiait quelque chose comme le Bois ou la Forêt des kapokiers. Sái Gón. Le kapok, cette espèce de faux coton, dont je sais qu'il est inflammable, fut responsable de l'incendie du paquebot *Normandie* dans le port de New York, au cours des travaux effectués par les Américains pour le transformer en transport de troupes, après qu'ils l'avaient confisqué aux vichystes sans l'offrir aux gaullistes, et rebaptisé *Lafayette*.

Quoi qu'on fît, dans la première moitié du XXe siècle,

quelle que fût la vie qu'on menait, on finissait souvent par revenir à Saigon. Malraux, après son équipée cambodgienne, y était devenu rédacteur en chef du journal *L'Indochine*, qui sous son magister prit le nom de *L'Indochine enchaînée* anticolonialiste. La colonie pour autant ne semblait pas menacée. Saigon était alors une manière de Perpignan asiatique. Devant les hôtels Rex ou Majestic, des terrasses accueillaient à l'heure de l'apéritif grand nombre de commerçants et de fonctionnaires en costume blanc qui n'aimaient pas trop Aristide Briand. Ils portaient cravate et barbe taillée, parlaient avec les mains et l'accent du Midi, sirotaient des vermouths, des cassis, des Pernod, des Byrrh, des quinquinas Dubonnet, mentionnaient peut-être encore un peu Garnier et Lagrée dont le souvenir s'estompait. Celui des temps héroïques d'avant celui des épiciers. On savait encore que leurs dépouilles, rapportées l'une de la Chine et l'autre du Tonkin, reposaient quelque part au cimetière chrétien.

Cette ville naissante au milieu des marais, entre les deux arroyos, le Chinois et celui de l'Avalanche, avait donné à sa plus belle rue le nom d'un navire. C'est sur cette rue Catinat, tracée trois ans avant le départ des deux canonnières, qu'il conviendrait d'installer le matériel cinématographique très complexe que j'avais expérimenté sur l'avenue Simon-Bolivar de Managua. Un matériel capable de saisir l'espace et aussi la fuite du temps, d'imposer l'Histoire à la Géographie, capable de restituer en accéléré la piteuse épopée. Travelling avant depuis le bord de l'eau et le bas de l'actuelle rue Dong Khoi, dont l'entrée est encadrée par le palace Majestic et le café Catinat. Des jeunes femmes en pantalon de soie blanche marchent en direction du Plateau.

Après quelques boutiques, un assez vaste rectangle sur la gauche est masqué de palissades métalliques. Le chantier est hérissé de grues. Au fond des excavations sont coulées les fondations des prochaines tours de verre. Un peu plus haut sur la droite, à un coin de rue, presque à mi-pente déjà, l'hôtel Huong Sen peint en vert pâle. C'est le dernier hôtel socialiste de la rue, géré par le Comité populaire de Hô Chi Minh-Ville. Le personnel désœuvré dort et cuisine dans une loge à chaque étage au bout du couloir. De mon balcon, dissimulé derrière les persiennes, je peux voir en mars 1945 la police japonaise arrêter les colons en bas dans la rue, les frapper, les traîner vers les camps. La population locale semble redouter cette brutalité, mais ce sont des Asiatiques qui humilient les maîtres blancs. Après le départ des Japonais en septembre, les nationalistes défilent en chantant rue Catinat qu'ils rebaptisent rue de la Commune-de-Paris, pendant qu'à Hanoi Hô Chi Minh proclame l'indépendance. Tout pourrait s'arrêter là, tout devrait s'arrêter là. Qu'on libère les coloniaux et qu'ils regagnent la métropole. Mais il est trop tôt. Il faut trente ans de guerre inutile.

Des troupes retirées de l'Allemagne remontent la rue au pas cadencé sur toute sa largeur, houle des bérets rouges et des képis blancs. C'est le retour des Français. Les vainqueurs américains du Pacifique ne voulaient plus des Français. Les Japonais seraient désarmés dans le Nord par les Chinois du Kuomintang et par les Anglais dans le Sud. Churchill redoute l'avenir de l'Inde et de la Birmanie. Les empires de Grande-Bretagne et de France doivent se relever. Par solidarité colonialiste, il confie la tâche aux gaullistes. Les colons jubilent. C'est le début de la Première guerre d'Indochine.

La rue à nouveau Catinat est préservée des combats lointains dans le delta du fleuve Rouge. Une base arrière paisible, où les uniformes se mêlent aux terrasses aux costumes blancs des libérés des camps. Dans la plaine des Joncs, l'apparition de la guérilla des Viêt Nam Công San ou Viêt-congs, alliés au Viêt-minh. Les attentats à la bombe, les grenades lancées depuis les cyclo-pousse dans les cinémas de la rue Catinat, les vitrines des glaciers qui éclatent sur le film au ralenti. On entend d'ici le canon qui gronde dans la rizière. Sur la place Francis-Garnier, en haut de la rue, les rondes de la police française, les coups de sifflet, les crissements de pneus, les coups de feu, les arrestations plus brutales à mesure que la situation échappe. Les espions russes et américains qui préparent la prochaine guerre parce qu'ils voient bien que les Français ne s'en sortiront pas. En 52 arrive l'écrivain anglais. Je le vois marcher en bas sur le trottoir, coiffé d'un panama, élégant, un carnet dans la poche de sa veste. Il remonte la rue Catinat vers le Plateau.

Celui-là depuis des années rôde près des volcans en éruption. Il mène de front ses activités de romancier et d'agent de renseignement, chaque fois écrit un rapport secret et un livre très public dont le cinéma souvent s'empare. Déjà Mexico. Vienne. Panama. La Havane. À Saigon, ce sera *Un Américain bien tranquille*, dont il place le cœur de l'action rue Catinat. Il invente le roman le soir aux terrasses de la place Francis-Garnier, assis au café de l'hôtel Continental, le Perroquet, où sont attablés les correspondants de guerre, les indicateurs, et parfois en face, au café-glacier Givral, où se propagent les rumeurs de Radio-Catinat sur les trottoirs ombragés de caroubiers. Zoom avant sur le carnet de l'Anglais posé sur la table près du verre et du cendrier : « Nous nous mîmes à lancer les dés, et il me sembla impossible qu'il pût y avoir une autre vie, loin de la rue Gambetta et de la rue Catinat, loin des vermouth-cassis au goût fade, du cliquetis familier des dés, loin du bruit des canons qui faisait le tour de l'horizon comme l'aiguille d'une horloge. »

Au-dessus du carnet de Graham Greene, à l'arrière-plan, les deux clochers de la cathédrale Notre-Dame-de-Saigon. Édifice en brique rouge de Toulouse empli pourtant des saints bretons parce que Saigon fut une ville de marins brestois. Deux clochers aujourd'hui rapetissés au milieu des tours, mais qui servaient d'amers aux navires dans la rivière. En face la Poste de Gustave Eiffel. Le roman de Graham Greene est envoyé chez les éditeurs et dans le Nord c'est la bataille de Diên Biên Phu. Les mois de siège dans les montagnes froides et pluvieuses à la lisière du Laos. La boue et les tranchées, les corps accrochés aux barbelés, la défaite française, la victoire des bodoïs au casque de latanier couvert de feuilles. Des colons du Tonkin se replient depuis Hanoi dans le réduit de la république du Sud-Vietnam. Ils enfilent un costume blanc, trempent leurs lèvres dans les apéritifs méridionaux, s'imaginent encore que le parapluie américain les protège. La rue Catinat devient la rue Tu Do, Liberté. On n'en tient pas trop compte, dans la communauté étrangère. Ni de la liberté ni du nouveau nom de la rue Catinat. Sur l'ancienne place Francis-Garnier, devant le toujours hôtel Continental, le Théâtre municipal, par dérision peut-être, devient l'Assemblée nationale.

Défilé des dirigeants de l'État fantoche de la république du Sud-Vietnam. Valets corrompus de l'impérialisme. Les Nguyên Van Thiêu, les frères Ngô Dinh Diêm et Ngô Dinh Nhu bientôt assassinés. C'est la Deuxième guerre. Les navires américains au mouillage en bas sur la rivière. Les combattants au sol de plus en plus nombreux, les norias d'hélicoptères Cobra, les livraisons de napalm dans le port. La police militaire casquée de blanc qui traque en Jeep les camés en permission au milieu des putes de la nouvelle rue Tu Do. Les correspondants de guerre attablés au Dolce Vita des Américains qui était le Perroquet des Français. Parmi eux Pham Xuân Ân, journaliste au *Time Magazine*. Il gare sa 4-CV Renault devant le Théâtre devenu Assemblée. Chemise blanche et cigarette au bec, il monte au premier étage du Continental.

L'enfant a grandi à Can Tho dans le delta. On l'inscrit au collège de My Tho. Le jeune homme a enseigné le français et les arts martiaux à Saigon, travaillé un temps au Département de la guerre psychologique de la République. Lorsqu'il part étudier pendant deux ans le journalisme aux États-Unis, il est déjà secrètement membre du Parti. Lui aussi a chanté *Maréchal nous voilà*. Il a plus ou moins l'âge des jeunes amis cambodgiens à Paris, lorsqu'il s'installe en Californie sur l'ordre des communistes. Il intègre Vietnam-Presse à son retour, devient correspondant de l'agence Reuters, du *Time Magazine* et du *New York Herald Tribune*. Voilà une réussite professionnelle qui se suffirait à elle-même. Ce n'est pourtant qu'une activité centrale. D'un côté de celle-ci, il est agent des services secrets du Dinh Dôc Lâp de la république du Sud-Vietnam, et de l'autre espion pour le Nord, colonel des services de renseignements du Viêt-minh.

Pendant quinze ans, la taupe allonge ses galeries, fréquente Lansdale et la CIA, photographie tous les documents qu'il voit passer, consigne et analyse les indiscrétions. Ses notes remontent jusqu'au général Vô Nguyên Giáp, le vainqueur de Diên Biên Phu et bientôt le vainqueur des Américains. Les deux hommes se rencontreront après la victoire. Le général confirmera avoir été, grâce à cet agent dont il ignorait le nom, « assis en permanence dans la salle de commandement américain ». En quinze ans jamais une erreur. Une vie méticuleuse de mandarin silencieux. Le journaliste pro-yankee travaille au milieu des correspondants de guerre, vit avec eux au Continental, il est l'ami des députés corrompus et des officiers, dîne avec eux, prend avec eux des verres chez Givral aux heures où l'attention se relâche, mais on est entre soi, loin des oreilles des Viêts. À la mort de Hô Chi Minh en 1969, il rédige une nécrologie reprise partout dans le monde sans commettre le moindre faux pas. Sa vie est cloisonnée, précise et efficace comme celle d'un Douch.

Ces deux-là sont des recrues idéales pour qui parvient à s'attacher leur fidélité.

Mais qui s'en souvient, du héros ? Ici, cet après-midi, pas à Paris ou à Washington, mais dans cette rue Dong Khoi qui fut la sienne, ex-rue Tu Do, ex-rue Catinat, ex-rue de la Commune-de-Paris. Qui, parmi ces passants qui achètent dans les boutiques de luxe parfums et bijoux, et autres babioles inutiles aux yeux de la Révolution, se souvient du héros Pham Xuân Ân ? Le film continue de retrouver les images des tumultes divers. Les manifestations antifrançaises organisées par le général Ky sur cette rue Tu Do après le discours du général de Gaulle à Phnom Penh. Deux ans plus tard, en mai 68, la pluie des roquettes viêt-congs qui s'abat la nuit sur Saigon, bouquet final du feu d'artifice de l'offensive du Têt.

Tous se souviennent en revanche de ces journées de fin d'avril et de la réunification. Les hélicoptères américains s'envolent. En bas dans la rue les chars russes et les pétards et les règlements de comptes. Le changement de nom de Saigon, cette Sodome, comme la punition puritaine du Nord imposée aux Méridionaux. La fermeture des bars et des boîtes. La ville n'est plus une capitale, la rue devient Dong Khoi : Insurrection-Générale.

Pour Pham Xuân Ân, c'est la fin de sa carrière d'espion et les pires journées de celle-ci, les plus héroïques. Par une fidélité indéfectible, parce qu'espionner n'est pas trahir, qu'un agent ne ment jamais mais seulement ne dit pas, il sauve d'une mort certaine dans les tout derniers moments l'ancien chef du renseignement du Sud-Vietnam, le docteur Tuyên, et l'accompagne au siège de la CIA, où il convainc les derniers agents de l'exfiltrer. Il va chercher sa vieille mère et s'enferme avec elle dans le bureau du *Time*. Il vit terré depuis une semaine lorsque arrive enfin la victoire que depuis quinze ans il prépare. Sa couverture l'expose à l'épuration des traîtres, des infâmes valets. Les nouvelles autorités tiennent parole, ne s'attaquent ni aux hélicoptères ni aux étrangers, négligent l'hôtel Continental. On le dit mort à l'automne 75. Il est élevé au rang de Héros de l'Armée populaire, mais sous le nom de guerre de Trân Van Trung, et promu général.

Comme toujours et partout la fête de la Révolution n'est pas longue. C'est vite la répression, les camps, les *boat people* qui fuient le régime, la ruine, la Troisième guerre. L'invasion vietnamienne du Cambodge et les combats contre les Khmers rouges. Les légendes sont encombrantes, qui s'autorisent de leurs médailles pour critiquer la dérive et lancer leurs mercuriales. Le général Giáp est mis peu à peu sur la touche. Pham Xuân Ân s'en tire avec quelques mois de rééducation à Hanoi. Il revient finir sa vie non loin d'ici, dans le troisième arrondissement, vieillard paisible au milieu de ses bibliothèques et de ses cages à oiseaux, près de son perroquet. Il s'assoit de temps à autre au Givral qui n'a jamais changé de nom, au cœur de Hô Chi Minh-Ville qui sans doute redeviendra Saigon comme Leningrad est redevenue Saint-Pétersbourg. On mentionne bien déjà *Sái Gón* sur les paquets de Marlboro-light vendus ici.

Le point culminant de la rue Dong Khoi est aujourd'hui le bar de l'hôtel Sheraton au vingt-troisième étage. C'est depuis la terrasse du Saigon-Saigon, au neuvième étage du vieil hôtel Caravelle, à la verticale du théâtre, que je continue de filmer l'histoire de la rue. Ce printemps 2009 est une époque indécise. Des drapeaux rouges frappés de l'étoile d'or sur l'ancienne place Francis-Garnier. Des portraits de l'oncle Hô entouré d'enfants et d'ouvriers du bâtiment casqués et souriants, fiers de lotir le Vietnam socialiste. Sur le film, le changement le plus visible est finalement celui des moyens de transport.

On suit tout au long de la rue Catinat ponctuée de crottin les victorias attelées de petits chevaux, dans lesquelles sont assis les personnages des *Civilisés* de Farrère, chapeau et canne à pommeau, ils se rendent au cabaret du Grand-Monde à Cholon, puis au milieu des cyclo-pousse les premières Tractions des pontes de la colonie, les bicyclettes, les 404 Peugeot puis les Dalat qui étaient des 3-CV Citroën Méhari, et sont remplacées par les Jeep de l'US Army sur la rue devenue Tu Do, sitôt devenue Dong Khoi, encombrée par les Lada russes et les cyclomoteurs et les scooters puis les Toyota et parfois les Porsche. Si les héros meurent dans l'ombre et la misère, les nouveaux riches de Hô Chi Minh-Ville comme ceux de Moscou sont plutôt du genre exubérants. Sinon à quoi bon la paix et le capitalisme. De l'autre côté de la place, en face du toujours Givral, à l'endroit où le héros garait sa 4-CV Renault, en extrayait sa vieille mère, et traversait à son bras la rue, en chemise blanche et cigarette au bec, il est curieux de voir ce soir stationner la météorite rouge sang d'une Ferrari Testa Rossa, devant la boutique Louis Vuitton, sise rue de l'Insurrection-Générale.

une belle mort

Pendant la guerre du Vietnam, certains correspondants restaient à Bangkok, lisaient au petit déjeuner les dépêches pour apprendre ce qui se passait à Saigon. Ici je lis les journaux thaïlandais sur Internet pour savoir comment s'effectue le retour au calme après l'échec de la révolution des Chemises rouges. La vie reprend, ainsi que les tournages cinématographiques interrompus.

À trois jours des dernières prises du film *Stretch*, vient de mourir l'acteur David Carradine, lequel avait entamé sa carrière dans la série *Kung Fu* de Bruce Lee au début des années soixante-dix, puis l'avait menée cahotante jusqu'aux deux *Kill Bill* de Tarantino. Et en voyant sa belle gueule d'aventurier dans les journaux, ce 5 juin 2009, il m'apparaît évident que c'est à lui qu'on devait confier le rôle de Perken dans une adaptation de *La Voie royale*. C'est lui que Malraux devait choisir aussi pour le personnage de Mayrena dans *Le Règne du Malin*, mais c'est trop tard. On vient de le retrouver sans vie dans une chambre du Nai Lert Park de Bangkok.

La mort brutale d'un héros de Hollywood est toujours un spectacle et la suite d'un palace le lieu idéal. Ici pas de flacons de Nembutal dans les draps. C'est aussi un enjeu financier considérable, on l'imagine, et les avocats des assurances déjà sont en vol pour la Thaïlande. Ils posent devant eux sur la tablette le communiqué du général Worapong Siewpreecha lui-même, lequel écarte l'hypothèse du meurtre comme celle du suicide. Il est bien contraint d'en dire un peu plus. L'acteur accro à l'asphyxiophilie a succombé à un accident. Les avocats relisent les petites lignes des contrats. On devrait absolument tout prévoir, on est payé pour ça, mais ce truc, est-ce une maladie ou une prise de risque inconsidérée qui éviterait de dédommager la production ? C'est une room maid qui découvre le corps au matin dans la salle de bains. La bite et le cou sont reliés par des cordelettes en nylon nouées, *on the pole in the closet*. La chambre est fermée de l'intérieur. Est-ce une mise en scène ? La presse interroge le commissaire Kachornsak Parnsakorn en charge de l'enquête. Il est catégorique, Parnsakorn, l'homme est mort seul, *auto-erotic game*, mort de sa belle mort.

Ni le général ni le commissaire cependant n'étaient sur les lieux. On continue de descendre la hiérarchie. C'est à l'officier de police Pirom Janthapirom qu'on a demandé de visionner les vidéos des caméras placées dans le lobby et dans le couloir de l'étage, d'interroger les témoins. Au bar de l'hôtel, comme chaque jour, l'homme élégant a fini la soirée au piano.

« Il était très joyeux, riait et plaisantait avec les employés. » Il a décliné encore une fois le dîner avec l'équipe du film. Un peu marre de tout ça. La célébrité anthume est pesante, Mouhot l'ignorait. On prend ce soir-là un dernier double-scotch puis l'ascenseur. Les images montrent l'homme grand et digne quoique un peu ivre remontant seul le large couloir, ouvrant sa porte. Il aurait pu inviter l'une de ces admiratrices souriantes qui l'entouraient près du piano, ou appeler la prode et se faire envoyer une fille, il choisit la solitude, et le souci de soi.

Un peu de lassitude aussi, une petite dérive. On est né à Hollywood et fils d'un acteur célèbre. On est à présent une star du kung-fu de soixante-douze ans. On s'est marié cinq ou six fois, on a tourné avec Scorsese dans *Boxcar Bertha*, on y jouait un anarchiste crucifié sur la porte d'un wagon à bestiaux, et avec Altman, et avec Bergman dans *L'Œuf du serpent*, mais tout ça c'était dans les années soixante-dix. Ensuite il y avait eu la longue fête ou l'ennui très long, ce qui est un peu la même chose, à quoi ne remédient ni l'alcool ni la came ni les soirées sado-maso, encore moins les centaines de tournages de séries B. Oui, pas mal de lassitude.

L'homme élégant est tout de même assez déjanté, aussi, ce soir-là. Il a picolé toute la journée sur le tournage. Il a surtout envie qu'on le laisse en paix, plie ses vêtements, s'occupe de soi. Une cordelette autour du cou et une autre autour de la bite et les deux reliées et accrochées à la poignée de la penderie ça n'est pas très compliqué, un peu comme de se raser le matin, en même temps cela requiert un minimum d'attention, de précision, un peu de prudence, comme dans tous les métiers de précision le risque est la routine. On envoie la dépouille à l'hôpital Chulalongkorn.

Dans une pièce réfrigérée, l'experte légiste Porntip Rojanasunan – mais tous ces noms, pour qui n'est pas thaïlandais, paraissent des noms de cinéma –, une femme médecin légiste, donc, s'appelle Porntip, et se penche avec attention sur son cas. Elle en conclut que c'est après le nirvana qu'il est mort et c'est la seule bonne nouvelle de la journée, une mort qui ne doit rien à personne, et ne commet aucun dommage collatéral. Voici la vie des hommes, parfois. Voici notre monde, et nous n'en avons pas d'autre.

vers la mer de Chine

Quand ce fait perçait l'incognito, Jim quittait brusquement le port de mer où il se trouvait à ce moment-là et il allait dans un autre – généralement plus à l'est.

Conrad

Puis je me suis laissé dérouter, assez facilement, par la survenue d'une coïncidence et la rencontre d'un Viêt kiêu.

Depuis des jours, je repoussais les préparatifs de mon départ vers le delta, passais les fins d'après-midi au bar de l'hôtel Caravelle, sur ce perchoir du Saigon-Saigon en attendant la pluie. *Sic transit gloria mundi.* Je rassemblais des témoignages de l'exhumation, au vieux cimetière chrétien, des dépouilles de Garnier et de Lagrée, en 1983, lorsque les autorités locales ont entrepris d'urbaniser les faubourgs de Hô Chi Minh-Ville. Ramenés vers Brest à bord du *Jeanne-d'Arc*, les restes très incomplets de Garnier ont été incinérés, les cendres déposées dans le socle d'un monument à Paris, au carrefour du boulevard Saint-Michel et de l'avenue de l'Observatoire. Je sirotais des Pernod, breuvage douceâtre et un peu écœurant, mais dont je ne doutais pas qu'il contribuerait à restituer les vieilles images.

Un soir un homme, vêtu d'un costume gris clair, très poliment est venu vers moi. Je rêvassais devant les journaux. Il m'observait depuis plusieurs jours, dit-il, buvant des Pernod. Si je le souhaitais, il pouvait me procurer des bouteilles de Pernod au prix du *duty-free*.

Ce genre de proposition, un peu partout dans le monde, annonce en règle générale une suite d'arnaques à rebondissements multiples, parfois assez romanesques et distrayants. Il me dit s'appeler Nha. Il paraît d'une telle sincérité, d'une telle retenue, comme s'il s'était fait violence, après plusieurs jours d'hésitation, pour venir m'importuner, dans le seul but de m'aider amicalement à m'enfoncer à moindres frais dans l'alcoolisme, que je lui ai proposé le fauteuil en face et offert un Pernod. Refermant carnets et journaux, je lui avoue que pour ma part je n'aime pas trop ça, le Pernod. Que l'idée d'y tremper les lèvres ne me viendrait pas ailleurs. Qu'il s'agit ici en quelque sorte d'une boisson professionnelle, d'un philtre. Je lui demande depuis combien de temps il connaît la rue, dont je lui confie essayer d'écrire l'histoire.

– Depuis toujours, me dit Nha, enfin depuis une cinquantaine d'années. Bien que je sois un Viêt kiêu. J'habite en région parisienne. Ici j'ai droit au *duty-free* permanent c'est pour ça…

Après avoir reposé la cuiller à glaçons, il me montre l'entrée d'un passage en bas dans la rue, après la boutique Louis Vuitton. Jusqu'en 75, il a vécu dans un appartement au fond de ce passage avec ses parents, une famille de commerçants aisés, précise-t-il. Quelques semaines avant la fin de la guerre, il est parti poursuivre ses études au Canada. Il avait dix-huit ans, nous avons le même âge, à quelques semaines près. L'année du Coq, dit-il. Il n'a jamais dépassé l'escale de Paris, où il a appris la disparition de Saigon, et par conséquent des mandats que ses parents devaient lui envoyer.

Pendant dix ans, il n'est pas revenu. Il a épousé une Vietnamienne réfugiée. C'est aujourd'hui une communauté soudée, dit-il, ses propres enfants la fréquentent, en banlieue parisienne. Mais à l'époque, il y avait encore une autre communauté, celle des émigrés de 54, une élite bourgeoise et francophile, très vite et mieux intégrée, plus riche aussi, qui l'a pris en main. Ses parents, qui pensaient le revoir après quelques mois, ne l'ont revu que dix ans plus tard, marié et père de famille. Le quartier avait beaucoup changé, la rue était devenue Dong Khoi. Puis ses parents sont morts. Il est parvenu à conserver l'appartement comme pied-à-terre, l'occupe quelques semaines par an. Et par le miracle des décorateurs de cinéma, un jour il a vu la rue telle qu'elle était à sa naissance. Il a assisté au tournage d'*Un Américain bien tranquille*, un remake de celui de Mankiewicz, dit-il, il y a quelques années, sur cette ancienne place Garnier devant le café Givral. Les automobiles des années cinquante. Les agents de police coiffés du képi. Et certains membres de sa famille ont été engagés comme figurants.

Nous commandons un autre verre à la mémoire de Graham Greene.

De mon côté, je lui dis avoir beaucoup pensé à l'Anglais, et incidemment au Vietnam, dans un autre bar, loin d'ici, et pour un autre de ses romans, *Notre agent à La Havane*. Je séjournais dans cette ville depuis six mois, et buvais souvent des añejos dans le petit bar en patio de l'hôtel Sevilla, où le représentant en aspirateurs rencontre son contact de l'Intelligence Service. Les États-Unis avaient décidé cette année-là de lever l'embargo sur le Vietnam. C'était en 94, au pire moment de la Période spéciale en temps de paix, décrétée à Cuba après la disparition de l'URSS. Et la levée du blocus contre le Vietnam avait suscité l'espoir vite déçu de la population cubaine de voir lever à son tour le blocus de l'île. Mais à la différence des Vietnamiens des États-Unis, qui voulaient investir, les Cubains de Miami voulaient encore se venger. On avait attendu quelques semaines. Il ne s'était rien passé.

Les Havanais avaient repris leur place dans les files d'attente, le carnet de rationnement ou *libreta* à la main. J'avais retrouvé ma place au bar et écrit un roman.

Mes archives au fond d'un sac, nous partons ensemble quelques jours plus tard pour la mer de Chine. Il a invité une amie d'enfance, ou bien c'est elle qui nous invite. Elle conduit une puissante voiture tout-terrain. Appelons-la Phuong en hommage à l'Anglais. Nous mettons très longtemps à sortir de la zone urbaine en direction de l'est, au pas, sous la pluie, sur des bretelles d'autoroutes et des ponts, au milieu des camions, des autocars, des minibus, des cyclomoteurs, des fondrières. Phuong a notre âge à peu près. Elle semble être devenue pour Nha davantage qu'une amie d'enfance. Entre deux coups de klaxon et de volant, elle me raconte sa vie depuis 75. Elle a vendu le peu qu'elle possédait après la victoire des Sovietcongs pour devenir *boat people*, aurait pu périr en mer de Chine comme des milliers d'autres fuyards du paradis, comme les *balseros* cubains noyés dans le golfe du Mexique. Elle n'a jamais dépassé le quai, où le passeur n'est jamais venu.

Quittant la ville, elle s'est réfugiée à la campagne, dans le delta, a changé de vie, s'est faite maraîchère. Après un peu de rééducation, elle est devenue professeur. On est loin de la rigueur des Khmers rouges.

Aujourd'hui femme d'affaires, elle effectue de fréquents séjours en Europe. J'apprends que nous nous dirigeons vers la rivière Brûlante, les sources d'eau chaude de Binh Châu, à une centaine de kilomètres au nord de Vung Tau, l'ancien cap Saint-Jacques, en remontant vers Phan Thiêt. Je déplie la carte, lui pose quelques questions, apprends ainsi, parmi beaucoup de choses très utiles, que le revenu minimum mensuel, en ce printemps 2009, est ici de six cent mille dongs, soit environ cinq paquets de Marlboro-light à Paris. Somme bien suffisante, selon Phuong, qui paie des salaires. Phuong et Nha viennent de créer ensemble une entreprise. Leur but principal dans la vie semble être de s'en mettre plein les fouilles, et de retrouver leur jeunesse dans les bains d'eau chaude.

Tout au long de la rue principale des villages, des kakémonos de toile rouge, à la faucille et au marteau dorés, annoncent le cinquantième anniversaire de la piste Hô-Chi-Minh. Des hommages aux compagnies de cyclistes qui reliaient le Nord et le Sud et jusqu'au Cambodge et Angkor. Les vélos étaient confiés à des hommes d'âge mur, des pères de famille, des briscards. Longues files silencieuses impossibles à repérer sous la forêt. La nuit les yeux fixés sur le ver luisant attaché au casque de celui qui précède. Le fusil AK tenu par une lanière dans le dos, des chargeurs et des grenades sur le torse.

Chaque cycliste en autonomie est muni d'un sac de riz et d'un réchaud, d'un briquet-tempête, d'une sacoche d'outils, d'une lampe torche, d'un imperméable à capuche, de chambres à air, d'un hamac, d'une tente et d'un lot d'images pornographiques. Pas de BMC pour les bodoïs à vélo, pas d'attente debout dans la boue le savon et la serviette à la main. L'armée du Peuple se branle vite fait le long du talus et remonte en selle. Peut-être la plus grande invention stratégique du convoyage depuis les éléphants d'Hannibal. Contre eux les B-52 et les hélicos, la débauche de technologie inutile. Puis nous atteignons, par des chemins au milieu des dunes, les plages désertes, les kilomètres de sable. Dans les différents hôtels où nous logeons, je ne parviens pas à télécharger les minutes du procès de Douch. Et j'essaie de trouver, à la réception, des journaux en langues étrangères.

Seul l'après-midi, pendant les promenades, les siestes romantiques ou les rêves de fortune de Phuong et de Nha, à la lecture de *Viêt Nam News*, *The Saigon Times* et *Le Courrier du Vietnam*, je constate que pas une ligne n'est consacrée au procès des Khmers rouges.

On y découvre en revanche que le Bloc n'est pas mort, fait des affaires et le gros dos. Le secrétaire général du Parti communiste vietnamien, Nông Duc Manh, reçoit à Hanoi Choummaly Sayasone, secrétaire général du Parti de la révolution populaire du Laos. Le président de l'Assemblée nationale, Nguyên Phu Trong, rencontre à Moscou Boris Gryzlov tandis qu'à La Havane, le ministre vietnamien de l'Agriculture, Diep Kinh Tan, confirme avec son homologue, Ulises Rosales del Toro, l'accord de développement de la riziculture cubaine. Lorsqu'un soir au dîner, je m'étonne de l'absence de toute information concernant le Cambodge dans les journaux vietnamiens, je découvre que Phuong et Nha ignorent la tenue du procès à Phnom Penh. Ils ignorent même le nom de Douch. Ils connaissent celui de Ieng Sary, mais pensaient qu'il était mort depuis longtemps. Ils connaissent celui de Khieu Samphân, mais ignorent qu'il est incarcéré depuis des années.

– À Paris, plaisante Nha en déposant un glaçon dans son Pernod, on ne connaît pas trop non plus la politique belge.

Dans un restaurant de plein air bordé de citronniers, près des bains brûlants, nous échangeons quelques mots avec un groupe de vétérans australiens. Tous ces hommes ont le même âge, une soixantaine d'années, rougeauds et costauds, ils portent des chemises hawaïennes, et sont assis autour d'une longue table sous un toit en feuilles de latanier. Ils nous disent avoir subi une défaite cuisante non loin d'ici, venir se recueillir sur les absents.

Nous descendons la côte vers le sud en direction de Vung Tau. Allongé à l'arrière du vaste véhicule, je raconte à Phuong et Nha, qui semblent s'en foutre un peu, la fin des *Civilisés* de Claude Farrère. La bataille navale entre la France et l'Angleterre au large du cap Saint-Jacques. L'attaque suicidaire dans la brume du modeste torpilleur 412 lancé sur le cuirassé *King Edward*, lequel fait feu sur lui de toutes ses bouches, immobile à l'horizon. Et le 412, troué de toutes parts, déchiqueté, ne se déroute pas et file à pleine vitesse vers son énorme proie. Le capitaine ensanglanté du torpilleur flotte à demi sur la passerelle que les vagues caressent déjà. Il envoie sa dernière torpille. La fin du roman rappelle *African Queen*, le grand *Graf Goetzen* allemand coulé par la frêle embarcation et sombrant dans les eaux du lac Tanganyika. Nous stationnons au-dessus de la rade où rouillent des cargos. Nous entrons dans l'eau, eux un peu à l'écart, nageons vers le large, dans la mer de Chine.

J'entends au loin la torpille qui sous la ligne de flottaison frappe le cuirassé par le travers de ses chaufferies du milieu, au-dessous du blindage de ceinture. Les soutes à charbon sont noyées. Je distingue dans la brume le *King Edward* touché qui vibre et s'incline sur tribord. Le plat-bord plonge dans les vagues. Des grappes de braves marins anglais qui n'avaient pas choisi leur affectation se jettent à la mer. Le pont à la verticale s'enfonce et le navire bascule lentement, la carène apparaît, les préceintes, la quille, les hélices qui continuent de tourner hors de l'eau. La mer éteint les chaudières et bouillonne. Le cuirassé sombre par la poupe, lève au ciel son éperon qui descend lentement et disparaît. Je nage et continue de fixer l'horizon vide à fleur d'eau. Le 412 a coulé à son tour au milieu des remous.

Après quelques dizaines de mètres d'une brasse appliquée, susceptible, en avançant plein est, contournant l'île du bagne de Poulo Condor, de me faire traverser le Pacifique en direction d'Acapulco, ou du port de La Libertad plus au sud, au Salvador, sortir de l'eau ruisselant et éreinté, sur la plage devant la cantina de Los Pescadores, où m'attendrait depuis des années une Grande Infante de Castille, je décide de faire demi-tour pour rentrer au Vietnam.

un Cambodgien bien tranquille

C'est assez vite emmerdant, ces exposés qui n'en finissent pas, ces procédures, les auditions qui se répètent, les témoignages qui se recoupent. C'est admirable aussi. Cette dilatation du temps. Un ou deux millions de disparus au Cambodge en moins de quatre ans. Toutes ces années pour juger cinq personnes.

Mais les témoignages peinent à dire l'horreur et l'odeur du sang. Les chiffres sont trop grands. Douze mille morts dans le seul centre de torture de Tuol Sleng. Cela ne dit pas les muscles ouverts à la cisaille et les étincelles des fils électriques. La puanteur de la merde et de la chair brûlée, les cris. Les détenus enchaînés et percés de tuyaux près du bocal qui s'emplit, jusqu'à la dernière goutte, de leur sang destiné à renvoyer au front des enfants-soldats blessés. Je visionne les vidéos, la vaste arène circulaire du tribunal coupée en deux par le mur de verre blindé. Je sais qu'il y fait très froid, des deux côtés. Que peut-être la climatisation a été confiée à une entreprise scandinave soucieuse de bien faire. On met à la disposition des témoins frigorifiés une veste de costume noire à l'européenne, toujours la même, souvent aux manches trop longues. Des anciens gardes qui avaient quinze ou seize ans à l'époque, aujourd'hui paysans. Peu savent lire et écrire. C'est la première fois qu'ils portent une veste de costume. Le bourreau cultivé quant à lui est élégant et soigné. Il porte une chemise bleu clair, Ralph Lauren, sous laquelle il prend soin d'enfiler un maillot.

J'enregistre les minutes du procès sur une clef, descends à la réception de l'hôtel saïgonais où j'ai repris mes habitudes. Il est réconfortant de se savoir ici non loin de la mer, plus proche des navires, aller respirer leur odeur de gas-oil et de liberté. De cet hôtel Huong Sen, on n'a pas vue sur le port, ni sur la Donaï, juste sur l'arrière de la Harbour View Tower. Je prends un taxi, remonte les docks, les empilements de conteneurs, suis le mouvement des grues et des portiques, vérifie que le commerce mondial n'est pas interrompu, récite des vers de Louis Brauquier.

Je marche le long de l'ancien Arsenal ceint de hauts murs délavés aux couleurs indécises, du jaune au blanc, à l'ocre, mais sans doute ne résistera-t-il pas longtemps à la pression immobilière du nouveau Vietnam. À mon retour, une jeune femme fluette en robe noire, toujours la même, me remet en échange de quelques dollars la petite liasse des feuilles imprimées qu'elle tient à deux mains, le visage baissé, avec ce sourire pudique, cette espèce de soumission désespérée, cette tristesse si érotique des femmes subalternes dans l'économie socialiste, et je monte les lire dans ma chambre.

Douch fut un rouage, un engrenage parfaitement usiné. Torquemada le fut aussi. Le petit homme maigrelet aux cheveux gris, élégant dans sa chemise bleue, prépare dans sa cellule ses interventions avec la même précision, la même froide méticulosité qu'il mettait à préparer ses cours de mathématiques, et les interrogatoires des traîtres supposés de Tuol Sleng : « J'aime la vérité. Je me sens attiré par ce qui est exact. »

Il pourrait se taire, comme le loup. Il a récité dès le début du procès le poème de Vigny pour rappeler cette possibilité qu'il avait. Il ne risque pas qu'on le torture. Mais il sait qu'il parle devant le monde entier, de son plein gré, devient un personnage historique. C'est pour lui, l'arène construite à la sortie de Phnom Penh et son grand mur de verre blindé, les détecteurs automatiques pour le protéger d'un attentat, les caméras, la ronde des autocars depuis les villages, les millions de dollars du procès, les milliers de pages traduites en français et en anglais. Son nom sera su dans l'Histoire et celui des procureurs oublié. Il collabore avec les psychiatres chargés de son expertise, dont le bilan est précis et lui convient : « Absence de pathologie mentale. Il est responsable de l'ensemble de ses actes. Il bénéficie d'une grande intelligence et d'une très bonne mémoire. »

L'un des experts mentionne la soif de justice inextinguible du jeune étudiant, une soif exacerbée par sa lecture des auteurs français, l'idéalisation de Paris, ville des tables rases et de la guillotine. Dans le Kampuchéa démocratique, où la littérature n'existe plus, Douch est à la tête d'une industrie de l'autobiographie. Des milliers de pages d'interrogatoires méticuleusement conservées par ses soins comme les milliers de photographies, que l'avancée fulgurante des troupes vietnamiennes a sauvées de la destruction. Les archives de S-21 aujourd'hui livrées au grand jour, quand le rôle de S-21 était de garder le secret. Tout est secret, à S-21. Et c'est pourquoi tout accusé, interrogé, torturé, quoi qu'il dise ou taise, devait mourir, pour cette simple raison qu'il connaissait à présent l'existence de

S-21, et qu'il était dès lors impossible de le relâcher. Il n'y avait aucun innocent à S-21. Parce que la connaissance même de l'existence de S-21 était un crime passible de la peine de mort.

Au milieu de son usine de production de traîtres et de cadavres, au milieu des hurlements des électrocutés, des pleurs des enfants trop jeunes pour être interrogés, qu'un adolescent est chargé d'aller égorger derrière un mur dès leur arrivée, les journées de Douch sont celles d'un cadre moyen consciencieux qui déjeune vite, toujours à la même table, sur son lieu de travail, sans trop parler à ses subalternes. Il travaille douze heures par jour, déclare avoir épousé sa femme par « état de nécessité humaine ».

À l'heure des règlements de comptes, après que Pol Pot avait fait assassiner Son Sen et sa famille, la femme de Douch est morte dans une attaque dont il a réchappé de justesse, avant de s'enfuir et de changer à nouveau d'identité. L'absence de cette femme est peut-être le seul changement dans sa vie, pendant ces dix dernières années qu'il vient de passer en prison. Douch y mène une existence de détenu modèle comme il fut un bourreau modèle. Il compulse les dossiers, choisit ses menus, on ne lui permet cependant pas d'inviter des filles. Il ne risque même pas sa vie puisque la peine de mort est abolie. Douch n'est pas un monstre. Rien d'un *serial killer*.

Comme tous les bourreaux ordinaires, ceux de l'Arménie et de la Pologne, de la Sibérie ou du Rwanda, Douch est l'employé idéal tel que le décrivent toutes les offres d'emploi, consciencieux, ponctuel, rigoureux, honnête, un bon voisin. Il ne connaît pas la duplicité. Ses convictions sont inébranlables et sa foi en l'Angkar jusqu'à la défaite, puis sa foi chrétienne. Une quête de l'absolue pureté, un fanatique qui a trouvé la Cause. En somme chacun de nos voisins si par malheur ils avaient une cause. Il suffirait d'une situation un peu chaotique pour révéler leur vocation. Douch est au fond de nous, la partie noire et putride de notre âme.

VIVE LE 17 AVRIL, JOUR DE VICTOIRE TRÈS SPECTACULAIRE DONT LA PORTÉE DÉPASSE EN PRESTIGE L'ÉPOQUE D'ANGKOR !

Angkar

le peintre & le photographe

Chaque fois que me vient à l'esprit le nom de Vann Nath, peintre cambodgien, me vient aussi celui de Yan Pei Ming, peintre chinois.

Celui-ci, avant de quitter la Chine, et de s'installer en France sans papiers, avait passé la première moitié de sa vie à peindre inlassablement des portraits de Mao. Le 9 novembre 89, six mois après les émeutes de la place Tian'anmen, nous étions assis côte à côte et pleurions comme des enfants devant un téléviseur. C'était en direct la fin de la Guerre froide. Nous regardions les Berlinois debout sur le Mur, les Trabant défiler sous la porte de Brandebourg. À Phnom Penh, les Vietnamiens, privés de l'aide soviétique, quittaient le Cambodge.

Vann Nath quant à lui, incarcéré à S-21 pendant un an, avait survécu en peignant inlassablement des portraits de Pol Pot.

Dans les archives de S-21, Vann Nath a retrouvé des années plus tard sa fiche d'entrée, signée par Douch, lequel avait décidé, non pas de l'épargner, mais de le maintenir en vie, et de transformer pour lui une salle de torture en atelier : « Numéro de rang 18. Heng Nath, 35 ans. Nouveau peuple. Région 4. Avant peintre vivant dans la région sous contrôle ennemi. Entré le 7 janvier 1978. Garder pour utiliser. »

On l'avait arrêté sans qu'il en devine les raisons à Battambang. Avant la révolution, il y dessinait et peignait les affiches des cinémas. « On m'a emmené, interrogé, électrocuté… Une semaine plus tard on appelait nos noms pour monter dans les camions… » À son arrivée à S-21, il est enchaîné comme les autres, en rangs sur le sol, les chevilles entravées à la barre de fer. Il raconte la torture, la faim. « Parfois la nuit la lumière attirait les insectes. Ils tombaient ici et là. Nous les prenions en douce et nous les mettions dans la bouche. Et si le gardien nous surprenait, il entrait, prenait son soulier et nous frappait sur les oreilles trois ou quatre coups de chaque côté. Nous perdions presque connaissance. Le grillon ressortait de la bouche. Nos yeux devenaient bleus… » Et le jour, sous la surveillance d'un autre gardien, il peint à la chaîne des portraits de Pol Pot, et parfois des portraits de Lénine et de Staline.

Lorsque la lourde tâche qui l'accable lui laisse quelques instants, Douch vient s'asseoir sur une chaise dans l'atelier. « Il regardait et me parlait des peintres célèbres comme Van Gogh, Picasso. Et moi je ne pouvais qu'écouter. Je ne les connaissais pas. Il me conseillait les bonnes couleurs à utiliser. Et pour la surface du visage, il fallait une couleur rose, une peau lisse et fine, aussi belle que la peau d'une jeune fille vierge. Alors Douch était heureux et il acceptait le tableau. »

Toujours à l'ouvrage à la chute des Khmers rouges, Vann Nath est l'un des quatorze rescapés de S-21. Il témoigne au procès. Il a vu Douch la dernière fois le 7 janvier 1979, devant la porte de Tuol Sleng. Douch les armes à la main organisait l'évacuation et la fuite de ses hommes devant la progression des colonnes vietnamiennes. C'était un an jour pour jour après l'arrivée de Vann Nath ici, les yeux bandés : « Puis, quand ils nous ont dit de nous arrêter, ils ont dénoué le bandeau sur nos yeux. On a vu des appareils photo. Ils nous ont photographiés de face et de profil, l'un après l'autre. Quand tout le monde a été photographié, ils nous ont rebandé les yeux, remis la corde autour du cou, et ils nous ont tirés. »

C'est Nhem En qui prenait ici les photographies, se livrait au bertillonnage. Il dépose lui aussi au procès de Douch. Le cinéaste Rithy Panh a organisé leur rencontre. Nhem En était à l'époque un adolescent de seize ans. Il prenait ici cinq cents, et jusqu'à six cents photos par jour. Lui aussi prétend s'être acquitté au mieux de la lourde tâche qui lui incombait :

– Les photos sont belles, dit-il, mais le régime était mauvais.

Douch avait souhaité compléter la formation de Nhem En et de quelques autres gardes. À la photographie ajouter la sculpture. C'est à Vann Nath qu'on avait demandé des cours :

– On apprenait à sculpter Pol Pot, dit Nhem En.

– Si toi et tes amis aviez appris vite, je serais mort, répond Vann Nath.

Depuis, Nhem En a mené une belle carrière. C'est un ancien petit cadre khmer rouge. Il est aujourd'hui *Deputy governor* dans la province de Oddar Meanchey. Il a grandi dans un pays où l'argent n'existait pas. Il a vite pris le pli de l'économie de marché. Il profite ces jours-ci des entretiens qu'il accorde aux journaux pour proposer à la vente, comme des reliques, les deux appareils photo de S-21, l'un allemand et l'autre chinois, ceux qui ont saisi le regard des milliers qui allaient mourir. Pour ces deux appareils, auxquels il ajoute, comme un bonimenteur de foire, une paire de godasses ayant soi-disant appartenu à Pol Pot, il annonce une mise à prix de cinq cent mille dollars. Comme il pourrait dire aussi bien vingt-trois milliards.

Dans un monde davantage warholien qu'hégélien, en ce printemps 2009, alors que se poursuit à Munich le dernier procès peut-être du nazisme, celui de Josef Scheungraber, une salle des ventes de Nuremberg met aux enchères plusieurs aquarelles du jeune Adolf Hitler.

vers le delta du Mékong

Il était fatigué de Saïgon, de la chaleur, ou de la condition humaine tout entière.

Graham Greene

La sortie de la ville vers le sud s'effectuait alors par la plaine des Tombeaux. Où rôdait le fantôme abandonné de l'évêque d'Adran, et nombre de ses congénères luminescents qui effrayaient les opiomanes. Plaine lugubre que ceux-ci devaient traverser depuis la capitale vers la ville chinoise de Cholon aux rues tortueuses en bordure de l'arroyo. Maisons de bois peintes des marchands immobiles aux ongles longs. Lanternes rouges. Fumeries. Cabaret du Grand-Monde. Au bout de ce chemin qu'emprunte Graham Greene, lorsqu'il écrit dans son carnet que, sur une « longue voie de banlieue qui mène à la ville chinoise, nous fûmes dépassés par une colonne de blindés français ».

Ce chemin est une large route neuve au milieu de grands immeubles neufs. Assis à l'avant, près du chauffeur, je surveille l'endroit précis où l'urbanisation, après qu'elle s'est dégradée, espacée, laisse place à la campagne. Pendant longtemps les villes étaient capitalistes ou socialistes. La sortie de ces dernières se faisait dans les couleurs ternes des masures et des fabriques, des ateliers. Celle des premières dans le multicolore des zones commerciales et des panneaux publicitaires. Le Vietnam comme la Chine ont résolu de mélanger tout ça.

Des restauroutes aux couleurs criardes, et assis dans l'herbe des vendeurs d'alcool de riz en bouteilles de plastique comme on vend en Afrique le vin de palme. Vieilles femmes en sarong loqueteux qui marchent, une palanche équilibrée en balancelle sur l'épaule. Le miracle d'une cycliste en noir, le port altier sur la selle, la finesse du corps, les gestes de ballerine dans le maniement du guidon, le chapeau conique que maintient le ruban de tissu rose sous le menton, les longs cheveux noirs jusqu'aux reins, l'ao dài dont la tunique fendue laisse voir à la taille, à chaque tour du pédalier, un triangle aigu et vertical de peau veloutée sur la hanche. Phuong et Nha m'ont aidé à recruter un interprète anglais-vietnamien. Nous traversons la plaine des Joncs. « Zone libérée », selon les Viêt-congs, dès 1973.

Hô Chi Minh-Ville – Tan An – My Tho.

Un sampanier m'attend à Cái Lay, où d'un coup jaillissent au ciel les grandes croix gammées, les svastikas noires sculptées sur un obélisque lui-même planté dans une fleur de lotus rose. Et derrière les croix, la façade multicolore du temple du Cao-Daï. L'œil unique de Dieu en plein ciel bleu. À l'intérieur d'autres croix gammées bouddhiques et les statues des saints de la religion œcuménique du Borgne céleste.

Face aux illusions du monde, aux violences de l'intolérance : rassembler en un bouquet la sagesse du bouddhisme et la charité du christianisme. L'impassibilité du taoïsme et le rêve de pureté de l'islam. Nombreux sont en conséquence les prophètes du Cao-Daï. Jésus, Bouddha, Mahomet, Confucius, Lao-Tseu, qu'il faut prier. Multiples sont les saints qui reçurent à leur insu une étincelle du Cao-Daï. Pasteur et Gandhi. Moïse et Flammarion. La communauté primitive vivait en autarcie plus au nord autour du temple de Tây Ninh. Elle pratiquait l'élevage, l'agriculture et le métier des armes, qu'il faut aiguiser contre les intolérants. L'armée caodaïste rassemblait des milliers de combattants fanatiques de la tolérance. Leurs chefs peu éclairés, aveuglés par le grand œil unique, ont engagé ces troupes aux côtés des envahisseurs japonais. Puis aux côtés des Français. Enfin aux côtés des Américains.

Une fresque sur laquelle un mandarin obséquieux présente l'encrier dans lequel Victor Hugo, vêtu de l'habit d'académicien et coiffé du bicorne orné de la cocarde tricolore, vient de tremper une plume et de tracer sur le mur ces mots : « Dieu et Humanité. Amour et Justice. » Murs rose pâle et bleu ciel, dragons rouge et or. Le grand œil écarquillé dans les nuages. Winston Churchill au cigare havane et la petite Jehanne de France brûlée par les Anglais. Lénine le destructeur de cathédrales et Descartes qui par trois fois prouva l'existence de Dieu. Dans *Un Américain bien tranquille*, Graham Greene fait un personnage du général Thé, le chef de l'armée caodaïste abattu comme les traîtres, d'une balle dans le dos.

On pourrait après tout souscrire à un tel œcuménisme, si les fidèles de cette religion bigarrée ne retenaient de l'islam la prohibition de l'alcool, et l'écrivain anglais choisit de se retirer dans un monastère espagnol avant d'aller finir sa vie en Suisse. Je déplie sur le capot la carte détaillée du delta, cherche du doigt le chemin. Le sampanier nous a rejoints, il emporte les sacs vers le ponton. J'énumère les étapes. Il acquiesce et les répète :

My Tho – Sa Déc – Vinh Long – Can Tho.

DÉSORMAIS LE STYLO, C'EST LA HOUE !

Angkar

un fantôme à My Tho

Tout aventurier est né d'un mythomane.

Malraux

Le soir sous une véranda de bambou, à l'aplomb de l'arroyo, une bouteille d'alcool de riz parfumé en équilibre sur les planches ajourées, au-dessus de l'eau encore verte, j'ouvre le *Saigon Times*, quotidien économique, à la lecture duquel on apprend que douze étudiantes des E.A.U. – *Twelve Emirati female students* – du Higher College of Technology de Sharjah, financé par la Pepsi Co. International, bâtissent de leurs petites mains des maisons pour les pauvres à My Tho où je vais passer la nuit.

C'est ici, à My Tho, que Loti descend en 1901 du train en provenance de Saigon. C'est alors l'extrémité de la ligne. Cette voie ferrée de la plaine des Joncs vient d'être pour partie arrachée et pour partie recouverte par la nouvelle route que je viens d'emprunter. À My Tho, une mouche à vapeur et un équipage attendent Loti pour remonter ce bras du delta du Mékong, et l'accompagner jusqu'à Phnom Penh, puis traverser le grand lac Tonlé Sap, sur la rive duquel un convoi d'éléphants le mènera jusqu'aux ruines d'Angkor à travers la forêt-clairière. Nous sommes en 41 apr. HM.

L'année dernière, Loti a publié *Les Pagodes d'or*. Conrad a fait paraître *Lord Jim*. Et Kipling a écrit son *Kim*.

Ne disposant pas des moyens logistiques d'un officier de la Royale à l'escale d'un cuirassé au port de Saigon, je devrai pour ma part me rendre à Can Tho, port depuis lequel des embarcations remontent le bras du Bassac vers la frontière du Cambodge. À l'époque de Loti, ce découpage de l'Indochine n'a pas plus de valeur que des limites départementales, et l'officier de marine échappe aux tracasseries des visas jusqu'à Phnom Penh. Au-delà, les ruines d'Angkor, cette année-là, sont encore sur le territoire du Siam.

Puisque nous nous quitterons demain, j'aimerais profiter de notre soirée commune à My Tho pour lui donner quelques nouvelles du monde depuis 1901. Nous sommes assis dans la pénombre de cette terrasse en bois au bord de l'eau, fumons des cigares manille. Un panka à poulies et cabestan remue l'air humide comme la voile safranée d'une jonque ou l'aile d'un papillon géant. « Peut-être était-ce après dîner, sur une véranda enveloppée de feuillages immobiles et couronnée de fleurs, dans les ténèbres crépusculaires constellées par les extrémités rougeoyantes des cigares, dans des chaises longues en rotin. De temps à autre une petite lueur rouge s'animait soudain et s'élargissait, éclairant les doigts d'une main alanguie, une partie de visage parfaitement détendue, ou projetant une brève lueur écarlate dans une paire d'yeux rêveurs… »

Ou bien nous sommes morts tous les deux, et portons l'uniforme blanc d'apparat à galons dorés des capitaines qui est peut-être aussi celui des anges. Je lui dis les deux guerres mondiales, la Guerre froide, les Khmers rouges. Loti hoche la tête, pensif, me demande des nouvelles de ses amis turcs. Je lui dis Kemal Atatürk, et la révolution d'Octobre, et Trotsky réfugié sur l'île de Prinkipo en bas d'Istanbul. Je mentionne le Pera Palace un hiver, la neige sur Beyoglu, séjour pendant lequel j'ai visité sa chambre et lu l'extrait de son journal affiché au mur. Je lui apprends que Farrère est entré après lui à l'Académie. Qu'on lui a remis le prix Goncourt pour *Les Civilisés*. Qu'il fut invité au voyage inaugural du paquebot *Normandie* du Havre à New York. Le jeune Farrère, qui fut comme lui stationnaire sur le Bosphore.

Loti peut-être éprouve un peu de nostalgie, ou une vague jalousie pour ce jeune Farrère. Je le console en lui disant que, plus d'un siècle après son séjour, un café porte toujours son nom à Stamboul, le café Loti sur la Corne d'Or, et un hôtel à Siem Reap près des temples d'Angkor, et qu'il pourrait y descendre. Et je m'aperçois alors, distinguant son visage dans la nuit, éclairé par le rougeoiement de nos cigares, qu'il va découvrir tout cela, et que j'ai vu Angkor avant lui, puisque nous sommes en 1901, et alors j'ai lu avant qu'il ne l'écrive *Un pèlerin d'Angkor*.

Je sais les dates, je sais qu'Angkor pour lui est une borne dans le temps de sa propre vie. Enfant, dans sa chambre de Rochefort-sur-Mer, le petit Julien Viaud qu'il est encore découvre une brochure illustrée relatant la découverte de Mouhot. L'officier de marine attend plusieurs dizaines d'années pour effectuer le voyage jusqu'aux ruines. Il a tout essayé, tout éprouvé. Il est au bord de la vieillesse. L'écrivain attendra dix ans encore après son voyage pour écrire *Un pèlerin d'Angkor*, de retour dans cette maison de Rochefort-sur-Mer que je connais, et dont je lui donne des nouvelles aussi, toujours dans cet état où il l'avait abandonnée pour aller mourir au Pays basque. Cette maison quasi caodaïste. Les salles dédiées à tous les saints et tous les lieux de sa vie. La stèle funéraire d'Aziyadé qu'il avait envoyé voler dans un cimetière d'Istanbul. Et longtemps avant Malraux la mosquée syrienne qu'il avait fait démonter, transporter pièce par pièce jusqu'à Beyrouth, où il l'avait fait charger sur un navire sans que personne, ni l'amiral, ne trouve alors à redire. Les folies médiévales et les turqueries. Les chinoiseries. Rien d'indochinois.

Loti déteste l'Indochine qui a tué son frère, marin bouffé par les poissons. J'hésite à lui confier qu'un soir j'ai fait sortir du coffre le peu du haschich qui restait dans la maison après sa mort, un petit étui métallique argenté dont il doit se souvenir, en forme de boîte à sardines, quelques bâtonnets de cinq ou six centimètres noirs et tout secs. Une nuit pendant laquelle, en l'honneur de ses fêtes célèbres, enfermé dans sa maison, j'ai bu aussi du champagne dans un soulier rouge à talon aiguille, en levant à sa mémoire ce glorieux hanap.

Loti sait que la colonisation de l'Indochine est une ânerie. Il fut en première ligne, me dit-il. Vingt ans plus tôt, il a été sanctionné pour avoir publié dans *Le Figaro*, sans l'accord de sa hiérarchie, trois articles sur le débarquement de Tourane et la prise de Hué par la marine. « Là-bas, dans le sinistre pays jaune d'Extrême-Orient, pendant la mauvaise période de la guerre, depuis des semaines notre navire, un lourd cuirassé, stationne à son poste de blocus, dans une baie de la côte. »

Arrive enfin l'ordre de l'attaque. Comme toujours celui-ci réjouit les troupes qui s'ennuient. « On s'occupe à bord d'équiper les hommes des compagnies de débarquement, de leur délivrer à chacun vivres, munitions, sac, bretelle de fusil, etc., même de leur faire essayer leurs souliers. Les matelots sont gais comme de grands enfants, à cette idée de débarquer demain, et ces préparatifs semblent absolument joyeux. » Pour eux enfin c'est la guerre, l'action, la gloire peut-être, qu'on attend depuis Brest. « Les matelots passent la soirée à chanter, plus gaiement que de coutume. On entend même les vieux sons aigres d'un biniou que des Bretons ont apporté. » Lui la connaît, la guerre, et son inutilité toujours recommencée. « À deux heures vingt, l'escadre arrive devant l'entrée de la rivière de Hué. Au premier plan, une côte de sable, étincelante dans le soleil, quelques cocotiers aux panaches verts, quelques maisons aux toits arqués dans le goût chinois. Un seul grand fort apparent, gardant l'entrée de la rivière, où la mer brise. L'escadre s'approche avec précaution, en sondant, mouille le plus près possible, et s'embosse, en hissant les pavillons français pour commencer le bombardement. »

Officier de quart sanglé dans son bel uniforme blanc, Loti observe aux jumelles depuis la passerelle le débarquement des troufions enthousiastes. Sa mission est de les couvrir par un feu nourri. Il n'a pas choisi son affectation. « Le bombardement continue. Malgré le roulis qui gêne notre tir, les obus pleuvent sur les Annamites, chavirant tout, mais eux tiennent toujours et précipitent leur feu. Assurément ils sont braves. » La victoire cependant est facile. Dans son carré, l'officier rédige son rapport. « Du côté des Annamites, environ six cents morts jonchent les chemins et les villages. De notre côté, une dizaine de blessés à peine, pas un mort, pas même une blessure désespérée. » Il croit qu'il est encore temps d'alerter l'opinion sur cette guerre lointaine, transforme son rapport en une série d'articles qu'il envoie au *Figaro*. Il dit ces combattants morts pour sauver l'autel des ancêtres et les tablettes de famille partis en fumée. Mais cette prise de Hué, la capitale impériale, c'est en 23 apr. HM. La France déjà ne sait plus reculer. Elle s'enfoncera ainsi dans son bourbier jusqu'à Diên Biên Phu, en 94 apr. HM.

Lorsque Loti s'approche enfin des ruines d'Angkor, en 41 apr. HM, il sait l'immense fatigue de cette civilisation khmère, qui consent à s'offrir aux barbares de l'Occident pour se protéger du Siam à l'ouest et des Viêts à l'est. La France manipulée comme une tribu un peu stupide mais puissante et armée. Il sait qu'il est un lointain barbare perdu en Asie. Et peut-être a-t-il déjà en tête, ce soir, à My Tho, des phrases du *Pèlerin d'Angkor* qu'il écrira dans dix ans. Ces phrases qui seront une terrible semence pour le jeune Malraux, lequel sans elles peut-être n'aurait pas écrit *La Voie royale*, ni pillé le temple comme Loti avait pillé la mosquée. C'est toujours curieux, l'histoire des hommes et de leurs livres. Benjamin Crémieux, en 1930, dans *Les Annales*, écrit à propos de *La Voie royale* qu'elle égale selon lui, « en intensité et en poésie cosmique, sans leur ressembler, les plus belles pages de Loti et de Conrad ».

Et à la fin de sa vie, le vieux Malraux confie dans *La Tête d'obsidienne* : « Bouddhas khmers. Je n'avais pas quinze ans quand je lisais Loti : *J'ai vu l'étoile du soir se lever sur Angkor...* » Et à vingt-deux ans, ce sera la scie sur la pierre du temple de Banteaï Srey. Mais cette phrase que cite Malraux n'est pas de Loti, me dit Loti. Cette phrase que cite Malraux c'est une phrase qu'il cite lui-même, et la littérature est une citation de citations. C'est une phrase de la brochure consacrée à l'exploration de Mouhot, lue par l'enfant Julien Viaud, et que recopie le vieux Loti, lorsqu'il retrouve la brochure dans sa maison de Rochefort-sur-Mer, des dizaines d'années plus tard, longtemps après son voyage à Angkor : « Dès que j'ai revu les si modestes gravures, tout de suite, bien entendu, les impressions de la première fois se représentent en foule à ma mémoire ; même ces phrases emphatiques d'Ecclésiaste qui avaient chanté alors dans ma tête d'enfant, je les retrouve comme si elles étaient d'hier : *J'ai tout essayé, tout éprouvé... Au fond des forêts du Siam, j'ai vu l'étoile du soir se lever sur les ruines de la mystérieuse Angkor...* »

J'ai gagné ma chambre, nous nous sommes souhaité un bon voyage, avons jeté le mégot de nos cigares manille au lit du fleuve. Comme tout oracle j'ai caché la fin. Loti mourra en 1923, l'année où le jeune Malraux embarque pour Angkor, puis Conrad mourra en 1924.

En 1926, Malraux retour de Saigon crée une maison d'édition et réédite *Les Pagodes d'or* de Loti, édite *Bouddha vivant* de Morand.

Avait-il ce soir-là à My Tho, Loti, déjà en tête ces phrases du *Pèlerin d'Angkor*, ou bien, souviens-toi, l'ami Loti, de ces phrases que tu n'as pas encore écrites, puisque nous sommes en 1901, des phrases de vieillard au soir de sa vie, incrédule comme un enfant déçu, qui avait cru aux promesses des brochures, et rêvait de toutes les mers et de tous les océans : « Alors, vraiment, ce n'était que ça, le monde ? Ce n'était que ça, la vie ? »

Pierre & George

Mon interprète désœuvré s'ennuie. Parfois, depuis la proue, il observe les rives monotones du fleuve, retourne s'allonger. C'est un jeune citadin qui parle anglais avec un fort accent américain, habitué des salles de réunion climatisées. Les jambes croisées, le sampanier, jeune lui aussi, est assis à la barre, coiffé d'un chapeau informe et maculé d'huile, plutôt du genre taiseux. Trois hommes à la dérive sur le fleuve souvent dans la brume. Trois existences que le hasard réunit, chacun perdu dans des pensées impossibles à traduire, une rêverie que l'inactivité encourage. Au milieu du sampan, une modeste hutte en plein cintre couverte de bambous tressés.

Loin derrière l'étambot, le gouvernail comme un soc laboure des végétations aquatiques qui font une traîne et ralentissent l'allure. L'homme pose alors son galurin et les décroche à la gaffe, se rassoit avec un sourire énigmatique. Scansion ronde et régulière du moteur à quatre temps comme les tambours des sorciers. Nous glissons au ras de l'eau vers le royaume des morts, on ne sait plus trop si on est mort ou vivant, dans un état flottant, indécis, enveloppé de brumes. Par des biefs labyrinthiques, nous relions Vinh Long à Can Tho, remonterons plus tard sur Long Xuyen, puis Chau Dôc. À mes pieds sous le prélart étanche le sac de livres et de journaux dans lequel je pioche. Une bouteille d'alcool de riz tiède que nous sifflotons à tour de rôle.

Aux temples d'Angkor, longtemps après Pierre Loti, je me souviens d'avoir contemplé une rafale d'arme automatique. Une courbe en pointillés de cônes étoilés dans la pierre éclatée. Une large rafale en arrondi lâchée sur une fresque narrative. Des noms et des mentions gravés dans la pierre aux temps angkoriens racontent une très vieille guerre inconnue. Un livre d'histoire mitraillé par les soldats d'une guerre moderne. Rafale lancée au hasard d'une dispute entre soudards. Des soldats de Lon Nol en uniformes de GI, alors que les populations des villages autour de Siem Reap ont réinvesti la capitale du XIIe siècle. Alors que renaît, par les infortunes de la guerre, un siècle après Mouhot, la vieille capitale oubliée.

Des feux de camp dans la nuit, des marmites, des campements. Les lueurs jouent sur le métal des armes. Parce qu'elle est la seule enceinte que les B-52 ne peuvent bombarder sans détruire les temples et tuer leurs alliés. Ou bien une rafale tirée plus tard par un soldat vietnamien des troupes d'occupation, que les Cambodgiens accusent encore aujourd'hui d'avoir endommagé les temples. Un maladroit qui graissait son arme. Ou bien entre les deux, par les Khmers rouges maîtres du Kampuchéa. Par l'un des gamins chauves-souris qui a vu les caractères d'écriture et croit ainsi obéir à l'Angkar, détruire tout ce qui est écrit. Et le travail des archéologues un jour sera balistique, déterminera si les impacts proviennent d'un chargeur M-16 américain ou d'un AK-47 chinois ou soviétique.

Il y a une dizaine d'années, les derniers groupes khmers rouges rôdaient encore dans la forêt autour des temples et parfois attaquaient les villages. Leurs troupes étaient débandées et affamées. Il n'était plus question de révolution. On tuait pour du poisson et des poulets. On se flinguait entre brigands. Et cette rafale est peut-être aussi récente. Postérieure à l'arrivée des Casques bleus à Phnom Penh. Ou bien une exécution. Le grand mur gravé tout éclaboussé de rouge. Les pillards s'enfuyaient dans la forêt en direction de la frontière thaïlandaise aujourd'hui encore contestée à coups de canon.

Quand Loti vient aux temples ils sont siamois. On lui fait cependant l'honneur de l'inviter au ballet royal de Phnom Penh. Ces petites danseuses de douze ou treize ans, à leur corps défendant, sont les maîtresses du tracé des frontières. La France et le roi les utilisent pour agrandir un peu le Cambodge.

Avant même la venue de Loti, on a envoyé des opérateurs des frères Lumière filmer les danses de ces apsaras dans les allées d'Angkor. Le roi Sisowath et son ballet débarquent dans le port de Marseille en 1906. Rodin ébloui assiste à chaque spectacle, dessine les belles enfants vêtues de tissu brodé d'or cousu à même la peau, le geste gracieux des poignets fragiles retournés sur l'avant-bras : « Ces Cambodgiennes nous ont donné tout ce que l'antique peut contenir, leur antique à elles qui vaut le nôtre. » La brièveté de leur apparition en France est un rêve, un vol de papillons, les millénaires de civilisation pour le geste parfait mille fois répété. Ces gestes dans lesquels se dessinent les rizières et les villages assoupis sous les bois de tecks, les pagodes et les robes jaunes des bonzes, les buffles au matin dans la rivière. Loti : « Elle est partie, la jeune femme au pagne jonquille, donc c'est fini, jamais, jamais plus je ne saurai rien d'elle. » Rodin : « J'ai cru qu'elles emportaient toute la beauté du monde. »

La mission diplomatique des menues danseuses ne fut pas vaine. Dès l'année suivante, la France exige du royaume du Siam la restitution au Cambodge – ou la cession, c'est selon – des provinces d'Angkor, de Pursat et de Battambang. La frontière est redessinée. En 47 apr. HM, les temples d'Angkor sont enfin sous administration française.

Depuis des jours, allongés à l'ombre du taud de notre radeau fantôme, silencieux, nous observons au ras de l'eau la brume légère comme de la fumée de cigarette, qui lorsqu'elle se déchire laisse voir des joncs très verts, des cultures maraîchères. Les jeunes amis de la rue Saint-André-des-Arts connaissent-ils les phrases de Rodin ?

Le procès des Khmers rouges est l'aboutissement d'une histoire vieille d'un siècle et demi. La fascination monstrueuse de deux peuples égarés dans l'espace et le temps. Deux peuples qui cultivent au plus haut niveau ces deux vertus de l'élégance et de la duplicité. Le voyage à Angkor et le voyage à Paris. La littérature en pierre et celle en papier. Les poèmes gravés sur les murs des temples pour chanter la guerre, l'enfer de Yama après le Jugement, les corps empalés, pincés, noyés, percés de clous, ébouillantés en un cauchemar de S-21. Le combat du peuple des singes, leurs roueries de tordre les couilles des ennemis, et puis leur défaite, et la victoire des hommes, la mort du roi des singes fastueuse comme celle de Sardanapale, les pleurs des singes en armes. Les chauves-souris plein les voûtes comme de minuscules Khmers rouges. Les peuples passent, comme la houle du vent dans le riz en herbe.

Le soleil au matin perce les nuages, enflamme le fleuve le long du sampan. L'eau couleur de thé ou de feuille fanée. La flèche bleu saphir d'un martin-pêcheur et sa gorge rousse. Des paysans courbés repiquent le riz, de l'eau jusqu'aux mollets, une eau figée qui miroite à travers les jeunes tiges. Le ciel s'y reflète et le riz vert pousse dans les nuages. George Groslier remonte ce fleuve que je remonte. Il recense et photographie chaque pagode. Des dizaines de pagodes. Des semaines de navigation. On préférerait sans doute savoir qu'il n'y eut jamais ici que des reîtres imbus de leur supériorité guerrière, des brutes blanches assoiffées de lucre, des conquérants hallucinés, des Mayrena, des exploiteurs racistes et incultes. Il y eut Groslier.

Celui-là sait que les danses fragiles, la musique lente des flûtes sont l'expression d'un génie dont la pagode est la plus haute expression. C'est en langue khmère qu'il mène ses études, plie la langue de l'architecture française pour dire que les toits sont à antéfixes dorées, que « les tuiles vernissées brillent des deux couleurs filles de la lumière, le jaune et le vert, et le faîte de ce toit d'or, bordé d'émeraude, soulevé par le double essor des deux pans obliques, s'insinue dans l'air où il luit comme un sabre. Il monte et aussitôt un deuxième toit paraît, plus petit, supporté à la façon d'une selle par l'étalon. Voilà la deuxième strophe du poème, la deuxième strophe est la flèche. La double toiture tend l'arc de son profil et la décoche ».

La pirogue de Groslier est menée par une troupe d'enfants. Depuis des semaines ils glissent en silence, choisissent sur la rive un sapotillier qu'ils gaulent le soir pour en faire pleuvoir les serpents, amarrent la pirogue, préparent le feu pour le riz. On entend au loin les clochettes éoliennes pendues au chéneau d'une pagode. Le jour baisse. Un peu de fraîcheur monte du fleuve après le flamboiement du jour. La douceur des crépuscules. Le bruit que font les palmes en se froissant au dernier souffle. Un vol de cormorans ou bien Vishnou chevauche l'oiseau Garouda. Ces enfants qui pagaient, assistent Groslier dans sa mission en 1929, installent l'appareil photographique en bois verni sur son trépied, sont les quinquagénaires qui voient entrer les Khmers rouges dans Phnom Penh en 75.

Et ces gamins en noir qui sortent de la forêt pour détruire Phnom Penh, coiffés de la casquette Mao, sont aujourd'hui quinquagénaires.

Tout s'est passé en un claquement de doigts. Mouhot égaré fut le premier mort français du rêve d'Angkor. George Groslier est le premier Français né au Cambodge, en 27 apr. HM. Fondateur du musée national, Groslier meurt le 18 juin 1945 sous la torture. La police des occupants japonais, la Kampetaï, a découvert son poste émetteur. Souhaitons qu'il ne soit pas mort pour rien et ait été aussi espion, renseigna les Alliés sur l'avancée des travaux des chemins de fer, freina l'invasion de la Birmanie.

Premier Franco-Cambodgien, partagé entre deux langues et deux cultures, il connaît l'antériorité de l'une. Un soir qu'à Pailin, invité à une cérémonie, on lui demande de prendre la main d'une enfant, une toute petite princesse en grand habit de fête et couverte d'émeraudes, Groslier écrit à son retour : « Je me sentais une carrure d'aurochs à peine équarri, et de forme barbare. Jadis, alors que je n'étais qu'un métis de Huns et de Francs, d'autres hommes déjà ornaient cette mignonne telle que je la tenais et le Bouddha souriait pour elle depuis dix siècles. »

à Can Tho

Le sampan reprend sa marche lente au milieu des liserons d'eau, sur un arroyo large de quelques mètres, gagne le Bassac d'un coup grand comme un lac. Nous déplions la carte, identifions l'embouchure du chenal que nous venons d'emprunter. Nous sommes encore à cent cinquante kilomètres à vol d'oiseau du Cambodge, à une centaine de la mer de Chine dont les marées montent jusque dans ce bras supérieur. Au milieu du fleuve, le vent lève de la houle et nous chargeons des embruns sous le pont dont le tablier s'est effondré l'an passé. Aux musoirs des môles, les bacs à larges baux ont repris du service. La ville de Can Tho, qui fut un village khmer du Kampuchéa krom, est une presqu'île où deux millions de personnes jouent des coudes. Le fleuve est embouteillé comme un périphérique.

Sur tous les bras et les canaux, le trafic incessant des barges et des bateaux-camions. La proue rouge et noire à tête de dragon des jonques chinoises dont les yeux louchent sur l'étrave. Vedettes rapides et remorqueurs. Irisations de pétrole et détritus flottants. Des familles accroupies sur les berges font cuire le riz. Les navires versent leurs huiles. Des animaux crevés et la végétation à la dérive se décomposent. Des enfants se baignent le savon à la main sous les pilotis avec les poules et les cochons. Nous remontons la rivière de Can Tho jusqu'à Cai Rang pour y chercher un autre sampanier, longeons les grands navires marchands au mouillage. Des cargos vraquiers chargent pour la Chine le riz et les fruits, débarquent des cyclomoteurs et autres produits qui ne poussent pas dans le delta. Marché des grossistes sur coffres. Au bout d'une perche pend un échantillon de la cargaison, légumes ou poissons. Entre eux le ballet des courtiers et mareyeurs. Les stations-service oscillent au bout des pontons flottants. Les vagues soulèvent la végétation mêlée de sacs en plastique. Partout dans la verdure des canards blancs au bec jaune d'œuf.

Si le terme Indo-Chine eut un sens géographique c'est ici. L'affrontement tectonique de la civilisation siamoise indianisée avec celle des Annamites sinisés. Entre les deux, les Khmers et les Laotiens pris en tenaille. Sans la perturbation apportée par deux envahisseurs aussi lointains que la France et l'Angleterre, arrivées l'une par l'ouest et l'autre par l'est, le trait vertical du Mékong serait aujourd'hui la frontière naturelle du Vietnam et de la Thaïlande.

Notre nouveau sampanier est un vieil homme calme et souriant. Il a recouvert la hutte centrale de larges feuilles de bananier ficelées aux bambous. Nous avançons ainsi camouflés dans la lumière blanche et pâle, l'air grisâtre et saturé d'eau. Le retour au silence. Des reflets de bronze ondulent sur l'onde épaisse au travers des brumes, vers l'au-delà, sur les eaux rouillées. On somnole. Au hasard des rêves ou des cauchemars, dans la sueur, on se voit finir dans l'une de ces pagodes que dessine Groslier, le crâne rasé, habillé de safran, seul comme le vieux Graham Greene dans son monastère espagnol, lequel dissimulait aux moines sa bouteille de scotch pour la rasade du soir. Ou appuyé d'un coude sur un grabat au fond d'une fumerie. Ou réduit en esclavage et changé en bête de somme par une tribu montagnarde, les yeux crevés, attelé à la noria d'un puits ou d'un moulin, comme le Grabot de Malraux, celui qui, avant de partir à l'aventure sur la voie royale, se faisait attacher nu dans un bordel de Bangkok.

Nous dînons dans une cahute flanquée d'un petit embarcadère, quelques marches en ciment entrent dans l'eau et la vase. Malgré les feuilles de bananier, nos vêtements sont mouillés, malgré le taud de bambou nos visages bouillis de chaleur. Le sampanier choisit une place qui lui permet de garder un œil sur l'embarcation amarrée. Il semble évident que notre petite bande est chaleureuse, attablée devant les poissons-éléphants grillés, insuffisante cependant pour s'emparer de Long Xuyen, même du village de Thot Not où selon la carte nous dînons. Les populations en amont, qui peut-être ont placé des guetteurs, ne nourrissent aucune crainte. Nous poursuivrons notre navigation pacifique jusqu'à Chau Dôc où nous devrons nous séparer. Je franchirai seul la frontière du Cambodge. Après une escale à Phnom Penh, je poursuivrai mon chemin jusqu'à la Chine sur les traces du *La Grandière*.

avec le commissaire

Les travaux du quai Sisowath ont été achevés, des palmiers plantés. On voit à nouveau couler le fleuve depuis la terrasse des cafés. La capitale du Cambodge reste un village. On descend le panier et la liste des courses depuis les balcons avec une corde. Les vendeurs annoncent leur arrivée avec un magnétophone à plein volume sur leur carriole. Des enfants dorment sur les trottoirs entre les sièges des barbiers. Le chef de la police antidrogue, Touch Muysor, est arrêté pour trafic et racket. L'opposant démocrate Sam Rainsy, toujours en exil en France, est menacé d'une nouvelle condamnation pour « désinformation ».

L'ancien petit cadre khmer rouge Hun Sen, au pouvoir depuis vingt-cinq ans, s'en va rouler des mécaniques en treillis et rangers au temple de Preah Vihéar, sur cette frontière coloniale toujours disputée. Où meurent de temps à autre des soldats cambodgiens et thaïlandais dans le seul but d'entretenir la ferveur du nationalisme. Pour les mêmes raisons, le gouvernement augmente la cagnotte du roi Norodom Sihamoni, avec mission de reconstituer une cour, un conseil de famille. Ainsi cette amie, que je connaissais sous un autre prénom, qui a passé son enfance en Bretagne, cette femme qui, dans ses fonctions d'interprète, a rencontré les Frères numérotés au fond de leur prison, est devenue d'un coup de baguette magique, comme dans un conte de fées, Son Altesse la princesse Sisowath Phuong Nara. Elle connaît le roi qui est son cousin depuis leur jeunesse en France.

Nous nous voyons dans un café non loin de la rue Pasteur. Je rencontre la princesse Ayravady et son mari chez eux rue 108 autour d'un Pernod. Autrefois cette rue était le quai Piquier, et donnait sur le bassin à flot depuis longtemps comblé. Ceux-là étaient revenus ici en 76 avec Sihanouk, avaient passé avec lui les années de la Révolution confinés dans le palais au milieu de la ville déserte. Quelques jours avant la chute du régime, Pol Pot les avaient renvoyés à Pékin avant de s'en aller reprendre le maquis. Ils ont fait souche en banlieue parisienne, ont retrouvé leurs titres de noblesse au hasard de la Restauration. Il est curieux que toutes ces altesses détiennent des passeports français, comme les opposants politiques démocrates aujourd'hui exilés à Paris.

Au Palais royal, se voit toujours l'élégant pavillon expédié à Alexandrie pour loger l'impératrice Eugénie lors de l'inauguration du canal de Suez. À l'issue des cérémonies, plutôt que de le laisser en Égypte, autant dire aux Anglais, on l'a chargé sur un navire et expédié au Cambodge. Le roi Norodom est alors un grand admirateur de Napoléon. On lui offre une statue équestre. On scie la tête impériale. On soude au-dessus de l'uniforme, entre les épaulettes, la tête royale. La statue équestre du roi Norodom a échappé au vandalisme des Khmers rouges. Il semble que l'Angkar ne se soit jamais soucié du sort de l'unique statue équestre du Kampuchéa démocratique.

Nous sommes le 12 février 2010. Pendant qu'au palais reprend une vie qu'on dirait monégasque, je me rends au tribunal en compagnie de Mister Liem à bord de sa vieille Toyota Camry conduite à droite, pour assister à l'annuelle demande de remise en liberté de Khieu Samphân.

Le vieil homme imposant coiffe les écouteurs sur ses cheveux blancs. Il est vêtu comme Douch d'une chemise bleu clair. Khieu Samphân joue avec le boîtier pour sélectionner les canaux de la traduction simultanée. 1 le khmer, 2 l'anglais, 3 le français. Il n'évoque plus cette année l'idée de se mettre au jardinage. Le procureur aligne d'une voix lasse les mêmes arguments que l'an passé : préserver l'ordre public, éviter la fuite du prévenu et garantir sa sécurité. Il rappelle que l'accusé a échappé de peu au lynchage en 1991. La plaidoirie de son avocat cambodgien est une formalité. Son avocat français Jacques Vergès, l'avocat de Klaus Barbie, d'Anis Naccache, de Carlos, de Georges Ibrahim Abdallah, d'Omar Bongo et de Denis Sassou-Nguesso, ne s'est pas déplacé. Aucun accusé du deuxième procès ne sera libéré. Ils sont octogénaires. Ta Mok, le Boucher unijambiste, est déjà mort en prison. Le tribunal espère en conserver un ou deux vivants jusqu'à l'ouverture des audiences du procès n° 2.

Khieu Samphân s'apprête à regagner à pas lents sa cellule. Ce vieillard aux gestes mal assurés, accusé de crimes contre l'humanité, fut reçu docteur en Sorbonne. Il est devenu à son retour au Cambodge un jeune journaliste de gauche, fondateur de *L'Observateur*, a fait preuve de courage physique et politique. En avril 1960, il y a cinquante ans, il a été arrêté par la police à la suite d'un article critique à l'égard de Sihanouk, alors qu'il circulait à vélomoteur dans Phnom Penh. On l'a déshabillé en public, frappé à coups de *kdor ko*, dont on me dit que c'est une bite de buffle séchée, abandonné nu en pleine rue et photographié. Le lendemain, il a publié dans son journal le récit de son humiliation, on l'a placé en garde à vue. Puis Sihanouk l'a nommé secrétaire d'État au commerce pour lui donner le goût de l'argent. Il est demeuré incorruptible. Avant qu'on l'arrête à nouveau, et le supprime sans doute, il a rejoint les rangs du maquis dans la forêt.

Certains soirs, je retrouve des correspondants de presse à la terrasse du même bar d'hôtel. Et d'autres soirs le commissaire Maigret, vers le Marché russe, de l'autre côté du boulevard Mao-Tsé-toung.

L'homme rondouillard cale entre ses cuisses la petite sacoche avec son flingue, pose sur la table son carnet de nombres auprès du whisky-soda. Le commissaire ne pense pas beaucoup de bien de ce procès. Pour y comprendre quelque chose, selon lui, il faut absolument posséder les deux cultures, la française et la cambodgienne, imbriquées, ce qui est le cas de Khieu Samphân et de ses deux avocats. Quant à Vergès, dit-il, c'est un métis de père français et de mère vietnamienne né en Thaïlande. L'apologie du métissage est une vaste connerie, selon le commissaire. Appartenir à deux cultures est une calamité. C'est toujours le résultat de la colonisation. On n'est jamais nulle part. Il hausse les épaules.

Peut-être regrette-t-il d'avoir suivi lui aussi ses études en France. Ou de ne pas être resté là-bas :

– Vous, dit-il, vous êtes seulement français, ça se voit à un kilomètre.

Je lui réponds que c'est pour cette raison que j'aime les Anglais qu'on repère à un kilomètre. S'il n'y avait plus d'étrangers, nous ne saurions à quoi employer notre xénophilie.

Il lève à nouveau ses épaules rondes, commande un autre verre, ouvre son carnet. Il fait partie de ces amoureux des chiffres au nombre desquels je compte. Aujourd'hui sont arrivées au commissariat les statistiques de la corruption dans la zone asiatique. Le Cambodge, qui occupait encore l'an passé la première place, est devancé cette année par l'Indonésie. Non que la corruption ait régressé au Cambodge, mais elle atteint en Indonésie le record inégalé, précise-t-il, sur une échelle de 10, de 9.07, contre 7.69 l'an passé. Vient en troisième position le Vietnam, suivi par les Philippines et la Thaïlande. Ici il faut acheter les diplômes, payer les juges, énumère-t-il, les pompiers si vous avez le feu, l'accès aux soins gratuits. Le Code de la route dépend de la cylindrée du véhicule. La notion de citoyen est aussi inconcevable que celle d'équité :

– Alors le sens d'un procès organisé par des étrangers…

Cet homme revenu de tout semble être d'une honnêteté désespérée. Lorsque je lui demande comment il parvient à continuer son travail, il sourit, lève son verre :

– Faut bien arrêter les voleurs.

Il referme le carnet, glisse la petite sacoche du flingue dans son cartable. Il y a de plus en plus de Français pauvres à Phnom Penh, me prévient-il, peut-être comme une mise en garde. Il verse un peu de soda dans son whisky. Des hommes perdus qui viennent s'installer ici comme on partait autrefois aux colonies, sur un coup de tête, pour se faire oublier, s'inventer une autre vie. On vient d'arrêter un braqueur français très amateur, lequel a surgi l'arme au poing dans l'agence Western Union du boulevard Mao-Tsé-toung, tout près d'ici.

– Un héros de western, sourit-il.

Le type très excité pointe son arme et exige dix mille dollars au comptoir. L'employé lui remet les deux cent soixante-quinze que contient le tiroir. La somme paraît lui suffire. C'est son premier braquage. Il a consommé pas mal d'alcool pour se donner du courage. Il s'enfuit avec le modeste butin et s'écrase sur la baie vitrée. Le flingue glisse sur le carrelage. Des clients le maîtrisent. On a trouvé un peu de came à son domicile du quartier Tonlé-Bassac. L'enquête montre que ce type à la débine et sans un rond est au Cambodge depuis 1993. Il a aujourd'hui quarante-huit ans. Il a emprunté le pistolet Glock à un ami canadien à peu près dans la même situation.

Maigret se lève et me serre la main. Nous nous connaissons depuis plus d'un an. Je lui dis que moi aussi, peut-être, je resterai ici jusqu'à l'épuisement complet de mes fonds. J'attendrai qu'il m'informe des transferts de la Western Union et me confie son arme de service.

chez Ponchaud

Depuis longtemps que je mentionne les Khmers rouges, on me demande si je connais Ponchaud. François Ponchaud. Le père Ponchaud. J'ai lu *Cambodge année zéro*. Le livre est précis. Il me semblait inutile de l'importuner. Puis j'ai lu d'autres interventions à l'occasion du procès, des phrases d'une grande virulence. « La communauté internationale n'a absolument aucun droit de juger : elle a soutenu les Khmers rouges. Le gouvernement actuel, lui non plus, n'a aucun droit de juger : ce sont d'anciens Khmers rouges. » Un soir je lui écris depuis Vientiane. Je bénéficie dans cette petite capitale d'un isolement plus complet. Il m'envoie d'autres textes, écrits en français ou en khmer et qu'il traduit lui-même. Nous sommes convenus d'un rendez-vous à mon retour. Je suis en retard, parce qu'elle n'est pas très facile à localiser, la rue 101, vers Boeung Trabek.

Dans son grand bureau-bibliothèque, il dispense des cours de khmer à des étrangers qui s'installent à Phnom Penh. Ce matin trois personnes parmi lesquelles un Argentin. J'attends la fin de la leçon, assis sur un canapé, au milieu des rayonnages trop ensoleillés. J'imagine apprendre un peu de khmer. À la fin il se lève et serre la main de ses élèves. L'homme est de haute taille, se tient très droit. À plus de soixante-dix ans, un physique de Carradine ou de Clint Eastwood, les cheveux blancs coupés court, les yeux très bleus derrière de fines lunettes, le visage bronzé, le sourire facile, le corps maigre et musclé de l'ancien parachutiste.

Les prêtres ne choisissent pas leur affectation. François Ponchaud est envoyé ici en 1965. En 105 apr. HM. Au beau milieu de la guerre du Vietnam. Vicaire général du diocèse de Kompong Cham, il étudie le khmer pendant dix ans, traduit la Bible pour la première fois. En avril 75, comme tous les étrangers, il est enfermé dans l'ambassade de France, emmené avec les autres en camion vers la frontière thaïlandaise. Pendant plus d'un an, le casque sur les oreilles, comme Armand Robin l'avait fait avant lui avec la radio de Moscou, il passe ses nuits à l'écoute de La Voix du Kampuchéa démocratique sur ondes courtes. Il décrypte la novlangue des Khmers rouges, les slogans, les néologismes, identifie les Frères numérotés, fouille leur passé, interroge les premiers réfugiés, dit le peuple réduit en esclavage, le pays entier transformé en camp de travaux forcés, publie en 77 *Cambodge année zéro*, personne n'y croit.

Dès le mois d'octobre 75, il a fait remettre une note en main propre au président de la République française, la veille de sa rencontre avec Sihanouk. Lors de la réunion préparatoire du Quai d'Orsay, un diplomate, spécialiste du Cambodge, confirme que les villes ont été vidées. Mais il ajoute que la vie dans la campagne est possible, que l'on y trouve assez de riz et de poisson pour nourrir tout le monde. On est entre soi, on plaisante. On vendrait sa sœur pour un bon mot, dans la diplomatie. Le président conclut avec un sourire qu'on pourrait alors envoyer le Quai d'Orsay à la rizière. On passe à autre chose.

Ni Amnesty International, ni la Ligue des droits de l'Homme n'écoutent Ponchaud. Au Cambodge, les seuls reportages sont ceux de *L'Humanité rouge*. On est peu enclin, quelques mois après la fin de la guerre du Vietnam, alors que toute cette histoire de l'Indochine a commencé, un siècle plus tôt, à l'instigation des missionnaires, à écouter les propos alarmistes d'un prêtre catholique, forcément anticommuniste, et ancien para en Algérie.

Il est à Washington en 1978 et on ne le croit pas non plus. Pourtant les réfugiés sont de plus en plus nombreux. Parmi eux Pin Yathay, qui publie *L'Utopie meurtrière*. Lui n'est pas un bouseux frontalier illettré. À quelques années près, il a suivi le brillant parcours mathématique de Douch. Élève au lycée Sisowath, reçu premier au Concours général. Après quatre ans à l'École polytechnique de Montréal, il devient ingénieur des travaux publics. C'est un Peuple nouveau. Il dit avoir placé lui aussi son espoir dans une révolution sociale. Pin Yathay écrit la déportation, la mort de sa femme et de ses enfants les uns après les autres, les exécutions, la famine jusqu'au cannibalisme, sa fuite solitaire dans la montagne, sa vie de Robinson, la chasse aux tortues et aux racines. En 83, Ponchaud est à nouveau à Washington.

On l'interroge sur l'éventualité d'un procès des Khmers rouges. Les États-Unis veulent se venger de l'humiliation, redevenir le Chevalier blanc. Ponchaud soutiendra l'idée d'un procès si le rôle et la responsabilité de Nixon et de Kissinger, prix Nobel de la paix, sont abordés comme les crimes de Pol Pot et de l'Angkar. Les États-Unis ont déversé des centaines de milliers de tonnes de bombes sur un petit pays avec lequel ils n'étaient pas en guerre. Il est tombé davantage de bombes sur le Cambodge et le Laos que sur le Japon pendant toute la guerre du Pacifique. Chacune de ces bombes accélérait la victoire des Khmers rouges ici et du Pathet Lao à Vientiane.

Des clercs passent en silence, chargés de piles de livres. François Ponchaud choisit une chaise. Nous sommes en 150 apr. HM. Je trace pour lui les grandes lignes de ma petite entreprise braudélienne. J'aimerais mettre en perspective le procès des Khmers rouges dans une durée moyenne, sur un siècle et demi, depuis que Mouhot, courant derrière un papillon, s'est cogné la tête, a levé les yeux, découvert les temples d'Angkor.

Ponchaud est l'un des seuls capables de distinguer, dans l'idéologie des Khmers rouges, la collusion d'une pensée occidentale que je connais, celle de Rousseau et de Marx, et d'une pensée bouddhiste que j'ignore.

Les Frères numérotés, Pol Pot comme les autres, sont tous passés par la pagode. L'Angkar est à la fois le rêve d'une société monastique et du communisme ancestral des tribus, la morale stricte des chasseurs-cueilleurs et les préceptes du bouddhisme. Les êtres animés naissent et meurent en tournant dans la vaste roue du Samsara, dit Ponchaud, et les Khmers rouges utilisent ces images de Roue de la révolution, de l'Angkar comme une divinité, l'Être suprême. Si son point de vue sur le procès, depuis trente ans, est toujours à ce point critique, c'est que le droit international, qui juge des Cambodgiens, est aussi étranger à leur culture bouddhiste que ne l'était le marxisme. « La société khmère est une société où la notion de personne est absente : l'être humain n'est qu'un agrégat d'énergies, contingent, temporaire, sans sujet, la vie n'est qu'une période de purification. »

Le tribunal est une monstrueuse industrie corrompue qui gère des sommes considérables. Un magistrat cambodgien y touche un salaire mensuel de cinq mille dollars. Un instituteur en ville de cinquante. Un instituteur n'est pas cent fois moins utile à la justice. « Il convient donc de se rappeler que la notion de Droits de l'Homme n'est pas universelle mais liée à la culture judéo-chrétienne. Pas plus que la démocratie, les Droits de l'Homme ne se décrètent, car ils sont le fruit d'une longue maturation, souvent chaotique. Vouloir juger les crimes khmers rouges à l'aune de nos critères occidentaux peut apparaître comme une nouvelle forme de colonialisme culturel inconscient. » Les Khmers quant à eux en ont vu d'autres. « Après la chute d'Angkor, en 1431, les Cambodgiens ont passé quatre siècles dans les forêts, pris entre les armées du Siam et de l'Annam, qui ne faisaient pas de quartier. Imaginez les Russes et les Allemands s'affrontant quatre siècles en Pologne. Les Khmers, de quinze millions, étaient huit cent mille à l'arrivée des Français. »

Ponchaud lève les bras au ciel. L'urgence aujourd'hui n'est pas le procès. Les luttes sont sociales et environnementales. C'est le désastre naturel et l'impossibilité de toute contestation. « Que restera-t-il du Cambodge dans dix ans ? Les autorités cambodgiennes ont vendu toutes les forêts, ont bradé des concessions énormes aux étrangers. Les Cambodgiens sont dépossédés de leurs propres terres, avec le cortège de spoliations, d'expulsions. Les affres du présent comptent bien plus pour les Khmers que les tragédies d'il y a trente ans. » Toute dénonciation des injustices est impossible à cause du passé khmer rouge. Devant la moindre revendication d'équité, on brandit la menace du retour au communisme.

« On peut dénoncer les massacres et exactions en tous genres des Khmers rouges, mais à part Ieng Sary, aucun d'entre eux ne s'est enrichi, ni n'a placé un magot à l'étranger. C'étaient des nationalistes intransigeants et utopiques. On ne peut en dire autant des dirigeants actuels, qui dépècent le pays à leur propre profit. » Ces dirigeants sont en majeure partie d'anciens cadres khmers rouges ayant appliqué les préceptes de l'Angkar. Ponchaud soutient l'idée de Sihanouk : il faut en finir, incinérer les ossements des deux musées, organiser une cérémonie bouddhiste. La gestion du charnier de Choeung Ek est aujourd'hui sous-traitée à une société japonaise qui vend des billets pour la visite.

Ponchaud semble se dire qu'il faudrait ici une bonne révolution.

Quant aux responsabilités des accusés, il soutient que le véritable idéologue du régime est absent, le premier polytechnicien cambodgien, l'éminence grise de Pol Pot. « Pol Pot n'était pas assez intelligent pour planifier un tel lavage de cerveaux et la dépersonnalisation des victimes. Qui est l'idéologue khmer rouge ? Chhum Mum ? » Il affirme que le plan général des chantiers d'irrigation, qu'il connaît bien, nécessite l'intervention d'un véritable spécialiste, auquel il rend hommage, pour la conception d'ensemble et sa réalisation. Les paysans le savent. L'irrigation avait doublé la production des rizières. Depuis la sécheresse de 2004, Ponchaud reprend avec eux le creusement des canaux khmers rouges abandonnés ou détruits par les Vietnamiens. Il paie les paysans en sacs de riz au mètre cube de terre déplacée. C'est son côté khmer rouge, dit-il en souriant : tu travailles, tu manges. « On utilise partout les canaux khmers rouges. Je suis allé la semaine dernière chercher des gamins de l'autre côté d'un canal, marqué fièrement d'une plaque : *achevé le 17 septembre 77*. En pleine période khmère rouge. Un très beau canal. »

Ponchaud semble faire preuve d'un prosélytisme très modéré s'agissant de sa propre obédience. Le Cambodge selon lui ne compte pas plus de dix mille vrais catholiques. Il faut trois ans pour se convertir. On ne peut être un bon chrétien, explique-t-il aux impétrants, si on n'est pas d'abord un bon bouddhiste. Il sourit des sergents recruteurs évangélistes ou autres *born again*, pentecôtistes ou du même acabit, lesquels sont à ce point attentifs à leurs ouailles qu'ils ont confié à Douch des missions humanitaires, et revendiquent jusqu'à cinq cent mille fidèles. J'écoute ses propos tour à tour chaleureux et provocateurs, emplis de l'amour des autres, de fraternité, de tolérance et de juste colère. Parce que c'est ainsi, dit-il, que Dieu nous donne à voir la diversité des hommes.

Au hasard de mes enquêtes de mécréant, je me souviens de conversations avec monseigneur Teissier, l'archevêque d'Alger, avec le frère Stan dans les camps de réfugiés en Tanzanie, avec le père Cardenal ministre marxiste du Nicaragua, avec les moines de Tibhirine dans l'Atlas algérien. Et chaque fois, chez ces hommes, la même énigme pour un mécréant : les horreurs de l'Histoire renforcent leur foi en un Dieu d'amour et de paix, leur foi en la Vie.

Ponchaud reprend sans cesse sa version de la Bible en khmer. Nous parlons de ses lents progrès depuis quarante-cinq ans pour approcher, dans cette langue absolument bouddhiste, la traduction de « Dieu le père qui est aux cieux », la distinction du ciel et des cieux, la notion de la Trinité. Sans parler des querelles du nestorianisme et de l'arianisme.

Ces questions théologiques ne sont pas moins épineuses que celle de la transcription des termes juridiques. Je m'étais entretenu avec Phoeung Kompheak, interprète auprès du tribunal, des difficultés de traduction de termes comme celui de « liberté ». Il me donnait l'exemple de cette phrase, dans son enfance juste après les Khmers rouges, qu'on pourrait traduire mot à mot par « attention, là tu es libre », qu'il entendait lorsqu'on menaçait de le gronder, comme « attention, là tu es insupportable ».

Il me parlait de la difficulté qu'il éprouve dans l'interprétation simultanée des propos des paysans et de leur langue confuse. Selon lui, même si Douch et Ieng Sary sont francophones, seul Khieu Samphân est absolument bilingue. En dehors de cette activité au tribunal, Kompheak enseigne à l'université. Il poursuit depuis des années sa thèse à Paris sur l'œuvre de Kong Bun Chhoeurn. Le vieil écrivain, auteur d'environ cent vingt titres, dont une partie considérable a disparu à jamais dans la période khmère rouge, s'est exilé en Norvège dans les années quatre-vingt-dix, après s'être opposé à l'actuel gouvernement de Hun Sen.

Par-delà leurs différents frontaliers et politiques, ce qui rassemble le Cambodge et la Thaïlande, comme le Vietnam et le Laos, c'est encore cette grande défiance à l'égard des mots imprimés.

Cette haine de l'imprimé, que les Frères numérotés, depuis la forêt, avaient inculquée aux jeunes chauves-souris avant de les lancer vers Phnom Penh, avait entraîné pour eux quelques revers, comme la destruction des devises étrangères qui leur auraient permis d'acheter des armes, et celle des papiers d'identité qui a sauvé la vie de certains Peuple nouveau. On voit sur les photographies de l'époque des gamins illettrés arborer au col de leur pyjama noir des stylos-billes confisqués, comme autant de décorations militaires ou d'insignes du pouvoir.

sous la forêt

Vous devez vous défaire de l'idée que frapper les prisonniers est cruel. La gentillesse est déplacée. Vous devez les frapper pour des raisons nationales, des raisons de classe et des raisons internationales.

Douch, février 1976

On a quinze ans ou bien dix-sept. On est trop sérieux. On porte le pyjama noir et le krama à petits carreaux. Souvent les sourcils froncés. Sourire est mal vu. On ne connaît que la lumière verte d'aquarium de la forêt dont on ne sortira jamais. Au retour de la séance d'autocritique, la nuit dans la clairière, on essaie de mémoriser les paroles des cadres. Ils ne sourient jamais. On a peur. On craint les esprits de la forêt et on craint l'Angkar. On est dans le camp de Ta Mok le Boucher ou dans le maquis des Cardamomes, près du camp M-13 de Douch ou à Pailin des années plus tard, ou à Anlong Ven dans la chaîne des Dandreks, mais on ne connaît rien à la géographie. Les cartes sont réservées aux cadres.

Après avoir accompli la besogne infinie de l'interrogatoire et du meurtre, les nuques fracassées, on s'assoit les fesses sur les talons devant la gamelle collective.

Autour d'un feu. On tourne avec ses doigts la boule de riz au fond de la gamelle et ressasse à plusieurs le lointain d'un monde meilleur et libéré des traîtres, des factions, du Peuple nouveau, des étrangers, des valets de l'impérialisme, de la vermine.

Alors la splendeur retrouvée d'Angkor.

Les Khmers kroms qu'il faudra partir libérer du joug des Youns dans le delta, puis exterminer à leur tour, pour les purifier du contact insane des Youns. Refouler loin de la pureté khmère les Viêts et les Thaïs et les Russes et les Américains. Débusquer les traîtres parmi nous, arracher leurs aveux, mémoriser la liste des méthodes graduelles enseignées par les cadres. On les récite devant le feu, à voix basse. « Coups avec les mains. Coups avec un bâton. Coups avec des branches. Coups avec des fils électriques. Brûlures de cigarette. Chocs électriques. Les forcer à manger des excréments. Les forcer à boire de l'urine. Les forcer à manger pendus la tête en bas. Les forcer à tenir les mains en l'air toute une journée. Leur enfoncer une aiguille dans le corps. Les forcer à se prosterner devant une image de chien. Les forcer à se prosterner devant le mur. Les forcer à se prosterner devant la table. Les forcer à se prosterner devant la chaise. Leur arracher les ongles. Les griffer. Les asphyxier avec un sac en plastique. Les torturer avec de l'eau. L'immersion de la tête dans une jarre. Les gouttes d'eau sur le front. » On essaie de ne rien oublier.

Seuls les chefs ont le droit d'attacher un prisonnier debout les mains liées derrière le tronc d'un arbre, de lui ouvrir le ventre et d'en extraire le foie. Et le prisonnier hurle comme un animal sauvage et voit avant de mourir ses viscères répandus sur ses cuisses, son foie sauter comme une crêpe et frire dans la gamelle.

Ceux-là ont appris des mots que leurs pères ignoraient, comme « le maquis », emprunté par les Frères numérotés aux résistants du PCF. Ils connaissent la technique des « touches de piano » utilisée par la guérilla pour couper les routes mais n'ont jamais vu l'instrument. Demain on monte dans les camions. C'est le glorieux 17 avril. Comment ces troupes d'enfants-soldats, à trois pour porter une mitrailleuse et son trépied, ont-elles pu vaincre une armée équipée et encadrée par les Américains ?

Le maréchal Lon Nol, le tyran hémiplégique assisté d'un conseil d'astrologues, lui, le sait, qui s'est déjà enfui à Hawaï avec son million de dollars en liquide.

Il n'attend pas la débandade de son armée fantoche, sait le peu d'entrain guerrier des valets de l'impérialisme. Il connaît l'état de ses trois armes corrompues. Il sait que les généraux de l'infanterie touchent en liquide la solde de leurs troupes. Ils n'ont aucun intérêt à déclarer leurs pertes au combat. Ils gardent pour eux l'argent des morts. Plus leurs bataillons sont décimés plus ils sont riches. Il sait que les généraux de l'aviation abandonnent les routes aux Khmers rouges et alimentent en kérosène militaire leurs avions privés, seuls à pouvoir approvisionner les villes assiégées. Il sait que les officiers artilleurs revendent les douilles d'obus aux trafiquants thaïlandais. Loin du front, ils font mettre en batterie leurs canons, tirent toute la journée sur un point fixe au hasard de la forêt, pendant que leurs acheteurs chargent les douilles dans les remorques à mesure qu'elles refroidissent. On compte les dollars. On se salue. On repart demander des munitions aux Américains.

– Attendez-nous là, on arrive.

à Vientiane

En ce mois de mars 2010, si le niveau du Mékong est habituel au Cambodge, alimenté par le grand lac qui se vide, il est en amont, au Laos, à son plus bas depuis vingt ans. On ne parle que de ça dans le *Vientiane Times*, et de remplir les citernes en prévision des coupures d'eau. La frontière donne ici la plus grande partie du lit au Laos, mais c'est dans les quelques mètres thaïlandais que le fleuve s'est réfugié comme un serpent peureux. Toute navigation est interrompue. Le grand Mékong est un ruisseau. Le quai Fa Ngum est devenu une longue dune où le vent lève le sable qu'il dépose dans les rues. Comment survivrait-il, cet énorme poisson dont la photographie se voit partout en ville ? Le monstre est porté par une quinzaine de GI américains alignés comme à la parade, le torse nu et bronzé, en short militaire, souriants. La pêche miraculeuse est de 1973. Combien d'entre eux étaient encore vivants deux ans après la mort du poisson ?

Où est passée l'eau du Mékong ?

Nous sommes les premiers voyageurs depuis Hérodote à décrire un monde que nous savons fuyant, momentané. Des cartes sur Internet montrent des simulations du changement climatique. Un mètre d'océan de plus et le delta du Mékong disparaît.

En ce mois de mars 1867, les deux canonnières de Lagrée et Garnier, la 27 et la 32, ont été abandonnées à Phnom Penh. Les deux capitaines gagnent Vientiane un an après avoir quitté Saigon. Ceux-là sont convaincus que leurs relevés seront définitifs. Éternel le débit du fleuve qu'ils mesurent. Que leurs immenses efforts seront accomplis une fois pour toutes. Que le Mékong coulera ainsi que leurs cartes diront qu'il doit couler.

La troupe s'est embarquée à bord de huit pirogues, « pour être à même de remonter les forts courants du fleuve. C'étaient de simples troncs d'arbres creusés, d'une longueur variant entre quinze et vingt-cinq mètres. Pour les rendre manœuvrables, on doit appliquer autour de chacun d'eux un soufflage en bambou assez large pour qu'un homme puisse y circuler facilement ». Une poignée d'explorateurs, cinquante rameurs et leur garde annamite. Comme souvent dans la remontée des fleuves, c'est vite la déconvenue des premières chutes, des cataractes, des grands blocs de grès qui se dressent au milieu des remous. Garnier déjà est dépité. « L'avenir de ces relations commerciales rapides que la veille encore je me plaisais à rêver sur cet immense fleuve, route naturelle de la Chine à Saïgon, me sembla dès ce moment gravement compromis. »

Ils se sont attardés à Angkor, où ils ont été les premiers à prendre des photographies des temples, six ans après le passage de Mouhot. Plus au nord, le commerce est aux mains des Chinois du Cambodge. « Ils remportent à Phnom Penh de la cardamome, de l'ortie de Chine, de la cire, de la laque, de l'ivoire, des peaux et des cornes de cerfs et de rhinocéros, des plumes de paon et quelques objets de vannerie et de boissellerie artistement fabriqués par les sauvages. »

Comment pourrait-il imaginer, Garnier, qu'un siècle et demi plus tard le commerce a oublié même l'existence de la plupart des produits qu'il mentionne ? La première exportation du Laos, hérissé de barrages soviétiques, est aujourd'hui l'électricité. Le pétrole pourrait devenir la première exportation du Cambodge. La mer ponctuée la nuit des torchères de l'enfer. Le delta du Mékong, s'il n'est pas englouti, pourrait un jour ressembler au delta du Niger mazouté, détruit, vide d'oiseaux. Lorsqu'ils font halte à Vientiane, que Garnier écrit Vien Chan, la ville a été rasée par les Siamois. L'expédition quitte les ruines et se remet en route vers le nord, pour Luang Prabang. Nous sommes en 7 apr. HM. « Pour la première fois depuis notre départ, la partie du fleuve que nous allions remonter était, jusqu'à Pak Lay, point où Mouhot avait rejoint le Mékong, absolument vierge de vestiges européens. »

À la différence des Khmers rouges au Cambodge, lorsque les révolutionnaires du Pathet Lao prennent le pouvoir ici, fin 75, ils font mine d'installer un bon vieux communisme des familles, avec collectivisation des terres et buste en bronze du Petit Père des Laotiens. On ne vide pas les villes. On envoie le dernier roi mourir dans un camp de rééducation. Le pays reste fermé pendant cinq ans. Le grand frère vietnamien offre au Laos une partie du port de Danang pour y décharger le matériel soviétique. Puis le Français Doumeng, le milliardaire rouge, prend peu à peu à lui tout seul la place des Russes. Le pays s'ouvre aux étrangers. Vientiane est une petite capitale paisible.

Je passe mon temps à l'hôtel à feuilleter les journaux, envoyer des courriers, lire les récits d'Isabelle Massieu trouvés dans une librairie de la rue Nokeo

Khoumane. Elle avait mis dix jours pour descendre de Luang Prabang à Vientiane en 1896. Je cherche à louer un véhicule pour accomplir le trajet inverse. Plus ou moins espionne au service des compagnies coloniales, Isabelle Massieu voyageait seule, recrutait des porteurs et les menait à la baguette. Les Français venaient de contraindre les Anglais à quitter le nord du Laos.

Quelques dizaines d'années plus tard, à l'époque du Viking, pendant la guerre du Vietnam, lorsque Vientiane était une manière de Tanger des zones internationales, un repaire d'escrocs, de trafiquants, la vie y était plus fébrile, mais la circulation au sol interdite par les bombardements. La route vers le Nord est préservée du brigandage supposé des Hmongs par une série de postes militaires.

avec Singh

S'il n'est pas rare que des peuples s'égarent tout entiers dans l'Histoire, celui des Hmongs depuis longtemps s'est déchiré en deux. D'un côté, les Hmongs pro-Pathet Lao doivent le prouver en construisant leurs villages au bord des routes, où on peut les surveiller. De l'autre, les Hmongs Vang Pao, qui continuent à mener depuis la forêt montagneuse leur combat d'arrière-garde, y sont peu à peu exterminés par l'armée. Lorsqu'un journaliste parvient, de loin en loin, à entrer en contact avec ces fantômes loqueteux, après des journées de marche, ceux-là continuent très maladroitement à décliner leur numéro d'affiliation à la CIA, et attendent toujours que celle-ci vienne comme convenu les sauver.

Les Hmongs sont les derniers arrivés dans la zone, peu avant Mouhot. Toutes les plaines étaient habitées. Ils se sont installés au-dessus des nuages, sur les crêtes ensoleillées. L'existence des peuples depuis la Révolution française est une mythologie. Celui-là, errant, chassé de partout, serait originaire du Moyen-Orient, de la Syrie ou de l'Irak, aurait gagné peu à peu les alentours du lac Baïkal en Sibérie, serait descendu vers la Mongolie, la Chine, aurait trouvé ici son paradis dans les jungles chaudes et luxuriantes des montagnes du Xieng Khouang, au milieu des rhinocéros, des tigres et du gibier abondant, isolé de tous les autres hommes et en paix. La malédiction qui les poursuit depuis le Déluge peut-être descend cette fois du ciel sous la forme de commandos français parachutistes, qui viennent en 1945 organiser la résistance à l'occupant japonais.

Réfugié aux États-Unis, leur chef Vang Pao a commencé sa lutte comme officier de l'armée française au sein du Groupement des commandos aéroportés, a combattu le Viêt-minh jusqu'en 1954. Après que les Américains l'ont promu général, il a harcelé les troupes du Pathet Lao à la tête d'une armée secrète soutenue par les Forces spéciales et l'opération Jungle Jim jusqu'en 1975. Depuis 2007, il est impliqué dans un trafic d'armes en Californie, destiné à alimenter en fusils-mitrailleurs et lance-roquettes ses derniers combattants irréductibles, quelques milliers de familles pourchassées depuis la victoire du communisme par les troupes laotiennes et vietnamiennes, leurs repaires montagneux du Xaïsomboun bombardés et arrosés d'armes chimiques, traqués au sol comme des bêtes sauvages et piégés à la mine antipersonnel.

À la lecture de l'hebdomadaire *Le Rénovateur* paraissant à Vientiane, on peut constater que les États-Unis ne sont pas très fiers d'avoir abandonné derrière eux leurs troupes supplétives. Leur ambassade finance la construction de villages pour les réfugiés Hmongs expulsés de Thaïlande. C'est une région où tout le monde s'échange des réfugiés. Les Karens qui fuient la Birmanie et les musulmans ouïgours qui fuient la Chine. On continue aussi de relever les villages détruits l'an passé par le typhon Ketsana dans la province de Saravane.

C'est dans cette région que les Japonais, au moment où ils torturaient Groslier au Cambodge, ont assassiné le géologue Josué Hoffet, lequel venait de découvrir un gisement de dinosaures. Et l'on peut imaginer la surprise du paisible savant, isolé sur son champ de fouilles, parmi les fémurs gigantesques et les mâchoires géantes, perdu dans les durées incommensurables de l'histoire de la vie, les dizaines de millions d'années, d'un coup confronté, levant les yeux au-dessus des bottes cirées sur les uniformes de la Kampetaï, aux péripéties ridiculement brèves et sanglantes de l'histoire des peuples et de leurs frontières.

Singh m'interpelle en français dans un café non loin de la Fontaine parce que je lis *Le Rénovateur*. Dans cet exemplaire, figure le bilan chiffré des activités de la police pour l'année dernière. Les flics laotiens semblent moins débordés que mon ami le commissaire Maigret, et je recopie pour lui les statistiques. Parmi les crimes relevés, on dénombre dans la capitale 134 infractions à la loi sur les stupéfiants et 41 délits d'adultère. Samantha Orobator figure-t-elle dans les deux listes ? Cette jeune femme de vingt ans, Anglaise d'origine nigériane, encourait la peine de mort pour trafic d'héroïne. Miraculeusement enceinte après plusieurs mois dans la prison des femmes, sa peine est commuée en détention à perpétuité. Est-elle la mère du Christ noir de Vientiane après celui d'Esquipulas ?

Singh tient à m'offrir un thé glacé mêlé d'herbes aromatiques, mixture dont il choisit pour moi la composition. Il a passé quatorze années de sa vie en URSS, dans le génie civil, à Leningrad, Moscou, puis Tbilissi en Géorgie. Je lui dis avoir écrit le récit d'un voyage en train de Bakou à Tbilissi. Peut-être un jour prendrai-je la ligne dont l'ouverture est prévue ici l'an prochain, l'Eastern & Oriental Express, de Singapour à Vientiane. Singh, qui s'ennuie beaucoup, retrouve à jours fixes, dans un autre café, d'anciens urssidés comme lui pour le plaisir de parler russe. Il a vécu en Union soviétique de 76 à 90. On ne peut même pas dire qu'il avait fait le mauvais choix. La révolution lui avait assigné cette affectation. À son retour au Laos, il n'y a plus d'URSS. Et le héros du peuple, Kaysone Phomvihane, meurt l'année suivante.

Après que nous nous serons rencontrés plusieurs fois, aurons découvert notre goût commun pour le thé parfumé et l'histoire confuse de la région, Singh m'invitera à visiter en sa compagnie le musée de Kaysone pour partager avec moi ses souvenirs. C'est à la sortie de la ville, en direction de Savannakhet dont le héros était originaire, où il a entamé ses études avant de les poursuivre à Vientiane, puis à Hanoi. De ces années-là, demeurent dans les vitrines quelques ouvrages jaunis, que le révolutionnaire trimballait avec lui dans les campements de la guérilla, des livres de l'inévitable Rousseau et de Boileau, une *Histoire de la littérature française*.

Le grand bâtiment est sombre, en haut d'un escalier de marbre, au milieu d'une vaste esplanade ponctuée de statues colossales imitées des Russes. La dernière salle expose les incomparables réussites de l'industrie socialiste laotienne et sa modernité, sous forme de combinés téléphoniques déjà démodés et autres ustensiles électriques, de tubes en plastique de divers diamètres, d'assez nombreuses variétés de gaufrettes et de boissons gazeuses.

La section des documents offre cependant quelques

raretés susceptibles d'encourager l'addiction historique. Des lettres en français du général Giáp et de Hô Chi Minh adressées à Souphanovong, guidant depuis Hanoi les premiers pas fragiles vers le paradis prolétarien. Une photographie de la délégation cubaine clandestine reçue dans le maquis laotien en 1974, sept ans après la mort du Che, lequel préconisait d'enflammer cent Vietnam autour de la planète. Une copie du traité franco-anglais du 15 janvier 1896 établissant, sur le tracé d'Auguste Pavie, les frontières du Laos et de la Birmanie telles qu'elles sont encore aujourd'hui. Je tapote du doigt la vitrine, et annonce à Singh que c'est là que je compte me rendre, à Muang Sing, tout au nord, sur la frontière chinoise. Au-delà du Triangle d'or. Je lui propose de m'y accompagner. Puisqu'il s'ennuie.

Nous sommes de retour dans le centre et attablés devant une soupe de nouilles au *water mimosa* des Anglais qui est la neptunie potagère des Français. À seule fin de le convaincre, je décris pour lui la rencontre de Muang Sing telle que mes lectures me l'ont fait imaginer. Pendant des mois, côte à côte, le grand camp des Anglais et celui des Français. Les tentes, les mules, les éléphants venus de l'Inde à travers la Birmanie, les malles d'osier, les feux dans la nuit, les cartes étalées, les jumelles et le matériel d'arpenteur des deux missions géographiques. Plus tard l'arrivée triomphale du *La Grandière*.

Singh peut m'aider à trouver un chauffeur, mais me recommande d'engager plutôt sa nièce comme interprète, laquelle connaît la région, berceau de la famille. Nous convenons d'un rendez-vous. Il me conseille aussi de faire grande provision de bouteilles d'eau et d'acheter des cartouches de cigarettes. Il me met en garde : à partir de Vientiane en allant vers le nord, les montagnes s'élèvent en même temps que le prix des Marlboro-light, et au-delà de Luang Prabang elles sont difficiles à trouver, puis disparaissent à mesure que les montagnes continuent à s'élever jusqu'à la Chine.

la mort de Mouhot

Après des heures de route, on peut siffler ici un verre de vin blanc frais au-dessus du fleuve pour trente mille kips. Et se dire que la vie sous un régime communiste n'est pas si terrible. Que ça ne valait peut-être pas la peine de se faire une montagne de la Guerre froide. Tourner dans l'ancien royaume du Million d'éléphants un film sur le paradis des travailleurs après la survenue du Grand Soir.

Nali a choisi pour moi son pseudonyme, qui signifie jolie ou mignonne. Son véritable prénom mentionne une qualité morale. La nièce de Singh est toute petite et menue. Cheveux mi-longs, noirs et soyeux, dont elle fait dans la journée un chignon. Des yeux noirs en amande sur la peau foncée, les pommettes hautes, un nez minuscule. Les sourcils qui se rejoignent lorsqu'elle se concentre ou cherche un mot français qui lui échappe. Sa famille, installée à Vientiane depuis la révolution, est originaire de ce Nord vers lequel nous progressons. Elle est lao theung, ou khmu, les Laos des plateaux. À Vientiane, Nali porte des jeans. Ici elle a passé une jupe longue, noire et ornée, vers le bas, d'une large bande horizontale de soie brodée dans les verts et les bleus.

Nous embarquons vers l'amont, au-delà de l'embouchure de la Nam Kane puis de la Nam Ou, sur une pirogue à moteur in-board et coque métallique, basse sur l'eau verte, pointue de la proue, couverte d'un taud de toile blanche. Des enfants plongent ou pêchent depuis les tables de grès jaune qui affleurent. Au dévers d'une dune de sable blanc, des femmes descendent vers la rive. La soie émeraude sur leur corps, rendue plus étroite par le vernis de l'eau, colle à elles comme une peau. Les baigneuses pudiques sont des nudités qui sortent du fleuve laquées et scintillantes, au pas lourd de statues remontant vers la grève. À cette saison des basses eaux, on cultive les bancs d'alluvions au milieu du fleuve, légumes et fleurs mauves du curcuma. Des jardiniers promènent des arrosoirs en fer. Odeurs de bois brûlé, fumées légères. Hachures des montagnes bleues à l'horizon. Comme si tout cela voulait ressembler déjà à un dessin chinois.

Loin des moiteurs grisâtres du delta, dans la lumière dorée des soirs, les explorateurs font une longue halte auprès du roi de Luang Prabang.

Ils profitent du merveilleux équilibre du climat, entre la chaleur assommante de Saigon et les neiges qui les attendent au Yunnan. Garnier continue de remplir ses cahiers. « Notre botaniste retrouva pour la première fois des pêchers, des pruniers, des lauriers-roses. Nous entrions dans une zone plus tempérée, où les fruits et les arbustes de l'Asie centrale peuvent croître et se développer. » Pensent-ils un instant qu'ils pourraient ici déserter ? Arrêter leur progression ? Garnier et Lagrée enquêtent sur la mort de Mouhot sept ans plus tôt. On leur indique un lieu au bord de la rivière. Ils élèvent là un monument, rendent les honneurs. Aucun voyageur n'est allé au-delà de ce point dont ils font leur kilomètre zéro. Ils préparent leur départ pour la Chine, allègent leur bagage afin de poursuivre l'expédition par voie de terre. « Nous fîmes un second lot de hardes, de munitions et d'objets d'échange, qui devait rester à Luang Prabang, et devenir la propriété du roi, si au bout d'un an nous n'étions pas revenus dans cette ville. »

Ils ne reviendront jamais. En rêve sans doute. Ils se souviendront qu'existe quelque part le paradis de Luang Prabang. Partout dans le monde, les survivants éparpillés, à la tombée du jour, chaque soir, ceux-là qui ont connu Luang Prabang, répéteront à voix basse le nom de la ville, sauront que d'autres sont ce soir à Luang Prabang, voient les forêts sur les collines bleues qui se couvrent de brume, se teintent de rose, pendant que le fleuve et les pagodes s'embrasent, se vêtent d'or et de pourpre, de vert bronze, que d'autres voient les pirogues comme des phasmes au milieu de leur vague d'étrave. Ils se souviendront à l'aube du chant des coqs encagés dans les grandes nacelles de bambou.

Et lui, Mouhot la Science, aurait-il poursuivi son chemin plus au nord si la mort ne l'avait pas arrêté ? Aurait-il choisi de demeurer là, de prendre l'une de ces gamines dont il dit dans son journal le plus grand bien ? « Les jeunes filles ont la peau blanche, comparativement aux Siamois, et des traits agréables, mais qui de bonne heure grossissent et perdent beaucoup de leur charme. » Je montre les phrases à Nali. « Elles portent une seule et courte jupe de coton et parfois un morceau d'étoffe de soie sur la poitrine. Elles nouent leurs cheveux noirs en torchons derrière la tête. Les petites filles sont souvent fort gentilles, avec de petites figures chiffonnées et éveillées, mais avant qu'elles aient atteint l'âge de dix-huit ou vingt ans, leurs traits s'élargissent, leur corps se charge d'embonpoint, à trente-cinq ans ce sont de vraies sorcières. » Nali hausse les épaules :

– Pas sur les plateaux, dit-elle.

Il meurt inconnu et seul, Mouhot, de dysenterie ou d'épuisement, ou de malaria, ou d'autre chose encore, de dengue peut-être. Le monument de Garnier et Lagrée n'est pas une tombe mais un cénotaphe. Peut-être fut-il incinéré. Peut-être a-t-il succombé à la dépression et s'est jeté à l'eau. Les dernières nouvelles qu'il a reçues de Bangkok ont accru son découragement. On lui apprend le naufrage du *Sir John Brooke*. « Le bateau à vapeur sur lequel la maison Gray-Hamilton et Cie, de Singapour, avait chargé toutes mes dernières caisses de collections, vient de sombrer à l'entrée de ce port. Voilà donc mes pauvres insectes qui me coûtent tant de peines, de soins, et tant de mois de travail à jamais perdus. Que de choses rares et précieuses je ne pourrai sans doute pas remplacer, hélas ! » Il regarde la rivière depuis son carbet. Et si maintenant il mourait ? Si son carnet de voyage tombait à l'eau ? Brûlait ? Oublierait-on à nouveau les temples d'Angkor ?

Nous escaladons le mont Phousi. Nali trottine comme un jeune chamois. Le Bouddha nous a précédés, qui a laissé l'empreinte de son pied immense dans la roche, non loin d'une mitrailleuse lourde sur plateau à deux poignées, matériel rouillé, derrière quoi l'artilleur se tient assis très haut sur un siège pivotant. L'arme est à l'abandon devant le temple du sommet. Elle prenait d'ici en ligne de mire la presqu'île jusqu'au confluent de la rivière, les quelques centaines de mètres sur lesquels le dernier roi de Luang Prabang pouvait profiter du confort de la DS noire que la France lui avait offerte, la même que celle du général de Gaulle, puis de la Cadillac blanche aux sièges de cuir rouge, la même que celle de Kennedy, que les États-Unis, par surenchère, lui avaient offerte quelques années plus tard, avant que la royauté ne fût abolie, et que le Palais royal ne devînt le Musée national, dans le garage duquel les deux automobiles finissent de rouiller côte à côte et les pneus à plat, en une allégorie de l'impérialisme vaincu.

Mouhot se lave dans cette Nam Kane en bas, bordée de potagers et de parcelles horticoles. Il voit les « marmots se jeter dans la rivière, nager et plonger comme des poissons, la situation même du pays tend à rendre amphibies ses habitants ». La rivière forme son dernier méandre avant de se joindre au milieu des rochers aux eaux du Mékong. Des paysans traversent à gué, de l'eau jusqu'aux cuisses, négligent le détour du pont suspendu en bambou. Après mûre réflexion, l'un des plus beaux endroits pour attendre la fin est la terrasse du Saynamkhan, « depuis 1939 », ouvert en 79 apr. HM, où de vieilles Anglaises, comme aux Indes, font des aquarelles, coiffées de chapeaux de paille.

Nali s'est renseignée. Le cénotaphe élevé en 1867 a été retrouvé, et rénové en 1990, en 130 apr. HM. On peut douter bien sûr de la véracité du fait, de ce monument retrouvé il y a vingt ans, à quelques kilomètres du village de Ban Phanom, lui-même à quelques kilomètres de Luang Prabang. Au milieu d'une clairière en surplomb de la rivière, c'est une manière de stupa horizontal peint en blanc. Mouhot, on l'appelait ici Mahout, me dit Nali, ou plutôt Ma Hout, deux mots dans lesquels on peut entendre « celui qui cherche et qui creuse ». Il est mort pour l'or, Mahout. Après avoir observé la modeste activité d'orpaillage des femmes, il a imaginé pouvoir moderniser cet artisanat. Aujourd'hui, des Chinois ont posé des excavatrices sur les berges de la Nam Ou, descendu des pelleteuses au creux de son lit en saison sèche, dans lequel sans doute ils déversent du mercure.

Devant les arbres, une statue de l'explorateur en pied et un petit éléphant en ciment. Autour du monument blanc, volette ce soir un papillon solitaire dont j'ignore le nom, mais que lui aurait su. J'aurais aimé inventer ce détail. Sur une borne est gravé Lak Soun, Kilomètre Zéro. À partir de cette clairière où Mouhot est mort sept ans plus tôt, Garnier et Lagrée s'éloignent en direction de la Chine. On peut à partir de la borne Mouhot mesurer l'espace aussi bien que le temps. Deux phrases sont gravées sur le cénotaphe :

DOUDART DE LAGRÉE FIT ÉLEVER CE TOMBEAU EN 1867
PAVIE LE RECONSTRUISIT EN 1887

Pierre & Auguste

Pavie. Auguste Pavie. Son grand chapeau de feutre, large comme un parasol, sa longue barbe jusqu'au ventre, le haut bâton de berger à la main, toujours les pieds nus. Le courage, la réussite exemplaire du marcheur solitaire. On ne peut comparer le passage de Pavie en Asie qu'à celui de Brazza en Afrique. Les milliers de kilomètres à pied, la très longue marche. Constater aussi que leurs efforts furent vains, sont oubliés, comme leurs mots, leur existence même. Ces deux-là se sont rencontrés, sont devenus amis. Le Breton de Dinan et l'Italien de Castel Gandolfo. Pavie le prolo naît cinq ans avant Brazza l'aristo.

Le Second Empire promet l'extinction du paupérisme et le plus bel avenir aux fils de peu. L'empereur ordonne le percement du canal interocéanique au Nicaragua en 1860, l'année-Mouhot, après la défaite de William Walker, à laquelle la France a très modestement concouru. L'Amérique et l'Angleterre interdisent le projet. Les troupes napoléoniennes s'emparent de Mexico en 63, un an plus tard assoient sur le trône l'archiduc Maximilien. Pavie s'engage à dix-sept ans et rêve de Tenochtitlán. Le voilà en garnison à Brest, trop jeune pour le corps expéditionnaire. En 67 Maximilien est exécuté. Pavie a vingt ans, plus rien à espérer de Brest ni du Mexique. Pour fuir ce sera Toulon, au 4e d'infanterie de marine. Il embarque pour l'Asie en 68, l'année où Loti et Brazza entrent à l'école navale de Brest.

Lorsqu'il arrive à Saigon, on y fête le retour triomphal de Garnier et pleure Lagrée. Ces deux-là ont cartographié le Mékong sur près de trois mille kilomètres. Tous les jeunes gens assoiffés d'horizons ne sont pas des Mayrena. Pavie souscrit aux idées saint-simoniennes alors en vogue, à la nécessaire et rationnelle exploitation de toutes les richesses du globe, au charbon, au chemin de fer, aux progrès de l'humanité par le partage des sciences et des techniques. Il découvre la ville neuve et haussmannienne, les larges avenues qui se croisent à angles droits, l'Arsenal sur la rivière en bas de la rue Catinat, mais la vie de caserne, pour un petit sergent, est la même qu'à Brest ou à Toulon.

Aussitôt il quitte la marine, devient agent auxiliaire des Postes et Télégraphes et c'est enfin l'aventure, les P&T, loin des vermouth-cassis et des Pernod des marins en bordée. Plutôt du genre à choisir lui-même son affectation. Il est volontaire pour les postes les plus éloignés, gagne un temps Long Xuyen puis Chau Dôc, le voilà de plus en plus haut sur le delta, et de plus en plus proche du Cambodge. On lui confie le télégraphe le plus isolé, celui de Kampot sur le golfe de Siam, une cabane au bord de la plage, où il vivra seul pendant trois ans sous son poteau et son nœud de fils noirs suspendus, comme un gardien de phare, étudiera la langue khmère auprès des sages de la pagode.

Pavie abandonne vêtements européens et habitudes alimentaires, oublie les chaussures et le vin, le rasoir, entame ses explorations, les longues marches, devient naturaliste, rassemble des collections de végétaux et de contes traditionnels qu'il consigne et traduit. C'est déjà une espèce de Robinson qui reçoit les capitaines à l'escale de Kampot et monte à bord des navires, pas mal de Bretons et de Chinois qui viennent embarquer le meilleur poivre du monde. Sa réputation ainsi se colporte. On l'appelle à Phnom Penh, à cinq jours d'éléphant de la mer, on lui propose un congé avec solde pour explorer et cartographier, depuis le golfe de Siam jusqu'au Tonlé Sap.

Puis c'est la grande affaire de la ligne télégraphique Phnom Penh-Bangkok. Le géographe solitaire se révèle meneur d'hommes. Pendant quatre ans, il décide du tracé de la ligne, vit dans les campements itinérants au milieu des clairières qu'il fait défricher pour y dresser les poteaux et les nœuds de fils noirs suspendus. Une équipe d'une soixantaine d'hommes dont la progression est lente et pénible, mal ravitaillée. « Nous manquons de tout, les Siamois ne nous donnent que du riz, nous n'avons plus de sel. Un ou deux travailleurs de chaque groupe passent le jour dans la forêt à chercher des herbages, des lézards et de grosses araignées pour nourrir les camarades. » Lorsqu'il ressort de la forêt, au bout de quatre ans, et télégraphie depuis Bangkok, Pavie a produit, pendant ces années de son premier séjour asiatique, six mille kilomètres de relevés nouveaux.

Vingt-cinq ans après le passage de Mouhot à Angkor, le Cambodge est connu des Français. Pavie est le premier à vouloir faire découvrir Paris aux Khmers. Il veut « montrer, pour la première fois, la France à des Cambodgiens jeunes, intelligents, instruits dans leur civilisation, qui rapporteraient dans leur pays une idée aussi juste que possible de ce qu'est le nôtre, et des bons sentiments des Français pour les Cambodgiens ».

Il emmène avec lui à bord du paquebot qui s'éloigne de Saigon des « fils de fonctionnaires de mérite ». C'est la création de l'École cambodgienne. Le gouvernement met à sa disposition l'hôtel de Saxe, au 12 de la rue Jacob, dans le sixième arrondissement de Paris. Dans ces jeunes esprits se mêleront les deux civilisations. Pavie édite les contes khmers collectés, les partitions levées pendant ses voyages, « air enchanteur, véritable agrément des voix dans le charme des heures nocturnes, par les champs et par les rues comme sur tous les cours d'eau ». Il accompagne ses élèves avec leurs flûtes chez Camille Saint-Saëns ébloui.

À deux pas de la rue Jacob, Pavie pousse la porte d'une ancienne crèmerie transformée en bistrot, La Petite Vache. Là se retrouvent au hasard, au fond d'une salle sombre et minuscule, explorateurs et artistes de passage. C'est au 66 de la rue Mazarine, aujourd'hui le Don Carlos, un bar de nuit, une façade de bois déglinguée peinte en rouge, peut-être d'époque, à deux cents mètres d'un côté de l'École cambodgienne de la rue Jacob, et de l'autre du 28 de la rue Saint-André-des-Arts, où viendront s'installer, quelques dizaines d'années plus tard, d'autres jeunes Cambodgiens.

Parmi les habitués de La Petite Vache, Jacottet, le directeur de la revue *Le Tour du Monde*, et le peintre Whistler, les membres de la Société de Géographie du boulevard Saint-Germain, les cartographes, et puis, de loin en loin, viennent s'asseoir ici des hommes dont on n'avait plus de nouvelles depuis des années, dont on ne savait plus s'ils vivaient encore et dans quels confins. Des Anglais et des Français, des Portugais. Burton le découvreur du lac Tanganyika. Cameron qui avait traversé l'Afrique équatoriale d'un océan à l'autre. Crevaux l'explorateur de l'Orénoque et de l'Amazone. Duveyrier le saharien qui va se faire sauter la cervelle faute de trouver une nouvelle mission. Serpa Pinto qui a rallié l'Angola au Mozambique et accueilli Stanley à Luanda. Édouard Blanc le voyageur de l'Asie centrale. Bonvalot parti de Moscou au Tonkin par la Mongolie et le Tibet. Le naturaliste Alfred Marche qui va finir sa vie à Tunis après des années aux Philippines. Le docteur Ballay qui va fonder Conakry après avoir représenté la France au congrès de Berlin. Ces deux-là, Marche et Ballay, ont accompagné la première expédition de Pierre Savorgnan de Brazza sur l'Ogooué, jusqu'aux plateaux Batékés. Trois ans pour mille cinq cents kilomètres.

Lorsque Pavie rencontre ici Brazza pour la première fois, c'est lui, l'aîné de cinq ans, qui est le plus impressionné. Brazza en 1885 est au sommet de sa gloire. Il a trente-trois ans. À chacun de ses séjours parisiens, sa haute silhouette de prince arabe en impose à la bande de La Petite Vache. Son visage est connu de tous les Français, la barbe noire et l'œil bleu. Le capitaine au long cours a devancé Stanley dans la course au Congo. Une ville porte son nom. Pavie, malgré ses six mille kilomètres de relevés nouveaux en Asie, est un ancien télégraphiste à présent directeur d'école. Pourtant Brazza, qui l'ignore encore, sa vie aventureuse est derrière lui. C'en est bientôt fini de l'exploration du Congo. L'Afrique depuis le congrès de Berlin est livrée aux Compagnies et aux exactions. Brazza vient de passer l'été contre son gré à São Tomé et Príncipe dans l'attente d'un navire, a pris le train de Marseille à Paris. On lui demande d'installer le système colonial.

La découverte laisse place à l'administration. Pavie, son grand œuvre est encore devant lui.

Lorsque ces deux-là se croisent pour la première fois à La Petite Vache, c'est un peu la rencontre, à Paris aussi, du grand écrivain Fitzgerald et du jeune inconnu Hemingway. Leurs rapports vont s'inverser.

Pavie repart.

À la différence de l'aristocrate intransigeant et hermétique à la diplomatie, Pavie rédige un projet de mission pour le Quai d'Orsay, fait valoir ses compétences linguistiques et cartographiques. C'est au Laos qu'il veut aller reprendre l'exploration où l'avaient laissée avant lui Mouhot puis Lagrée et Garnier. La jungle est une meilleure école des cadres d'Extrême-Orient. On ne sait presque rien en Europe de l'ancien empire du Muang Lan Xang, le royaume du Million d'éléphants, écroulé après les invasions siamoises, la destruction de Vientiane ou Vien Chan en 1827, puis les affrontements avec l'Annam et les Chinois.

Pour la Troisième République, le projet de Pavie est une aubaine. C'est la course au Nord, vers la Chine, avec l'Angleterre, qui occupe depuis cette année 85, et la prise de Mandalay, tout le royaume birman. On apprend qu'une armée siamoise de cinq mille hommes marche vers Luang Prabang. On demande à Pavie de gagner cette ville au plus vite et d'y ouvrir un vice-consulat, de nouer des contacts avec le souverain lao Oun Kam. « Mon but était d'atteindre Luang Prabang par le plus court chemin, y faire une installation provisoire, un dépôt d'approvisionnement, puis reconnaître le pays entre le Mékong et nos premiers postes du Tonkin. » Voilà une mission enfin à sa mesure. Partir seul à la rencontre d'un peuple qu'il admire, avec ses instruments scientifiques, sa curiosité encyclopédique, son enthousiasme, tout cela chargé à dos d'éléphant.

Pavie reprend la mer pour Saigon, raccompagne à Phnom Penh des étudiants qui viennent d'achever leur première année parisienne. L'un d'eux, Ngin, petit-fils de magistrat, intègre la mission et secondera l'explorateur pendant dix ans. La petite équipe de neuf personnes qu'il constitue est toute cambodgienne. Pavie se rend à Bangkok pour y présenter sa lettre de mission, constate que les Siamois lui mettront les bâtons dans les roues, achète des éléphants. Six mois après son départ, il découvre « le délicat paysage qui enveloppe la petite cité lao », et confie au papier son cri de victoire : « Je suis à Luang Prabang ! » Bouleversé par la beauté du lieu, même s'il avait lu le journal de Mouhot et celui de Garnier, ses premiers courriers ne sont pas politiques. Ils disent les teintes de vieux rose le soir au-dessus des eaux lisses du Mékong, les montagnes bleues à l'horizon, « un paradis », décrivent le dernier rayon d'or sur la flèche de la pagode tout en haut du mont Phousi, « la nature, avare de tableaux parfaits, s'est montrée ici prodigue à l'excès et calculatrice de ses beaux effets », et, si loin de la mer : « c'est quelque chose d'étrange, comme ce pays tient de la Bretagne ».

Sa petite équipe cambodgienne est bien accueillie, parcourt la capitale minuscule, ses rues de sable et ses maisons de bois ajouré, les écroulements de fleurs à l'ombre des palmiers, « les temples et les palais ornés de motifs dorés et multicolores, leurs toits superposés qui s'élèvent au ciel et entraînent avec eux le regard et la pensée, la sensation de quiétude inconnue des villes de l'Europe », les montagnardes au marché et devant elles, « les fleurs destinées à orner les temples ou à la parure sont partout en tas, des paniers sont pleins d'herbes odorantes ou de curcuma utile pour les sauces ». Pavie photographie le bon roi Oun Kam, patriarche aux cheveux blancs. Et aussitôt après son arrivée, c'est la guerre au paradis.

La colonne siamoise partie guerroyer au nord contre les bandes chinoises des Pavillons jaunes redescend en catastrophe vers Luang Prabang avec les trente otages qu'elle vient de capturer. Talonnée par ses poursuivants, elle abandonne la ville pour gagner Bangkok. Les Chinois ont pris le carrefour de Muong Theng que les Vietnamiens appellent Diên Biên Phu, et plus rien ne s'oppose à leur déferlement. Dans l'impossibilité de libérer leurs otages, les Pavillons font savoir au roi Oun Kam qu'ils viennent encaisser le tribut que Luang Prabang a omis de verser depuis des années au Céleste Empire, et demandent le trésor royal.

La défense de la ville est impossible. Pavie organise son évacuation par le fleuve en direction du sud. « Le Mékong offre alors un spectacle étrange et saisissant : des barques s'y choquent chargées d'enfants, de femmes, de vieillards, encombrées de nattes, de bagages malpropres, de paniers pleins de choses ramassées à la hâte, de tas de vêtements d'où le soleil ardent dégage en vapeurs tièdes l'eau d'une averse fâcheuse survenue. » Pavie a sauvé le vieux roi. Il soigne les blessés, extrait des balles, réduit des entorses, distribue ses provisions de quinine. Des milliers de personnes dorment sous la pluie le long des rives du fleuve. À l'horizon roulent les flammes et les fumées. C'est le sac de Luang Prabang et l'incendie des pagodes. Pas même une guerre.

Un fait d'armes dont personne n'aurait entendu parler en Europe si Pavie ne l'avait décrit. Après le sac de Vientiane en 1827 par les Siamois, le sac de Luang Prabang en 87 par les Chinois. Le royaume du Million d'éléphants est en voie de disparition.

l'invention du Laos

Les Pavillons jaunes ont quitté la ville détruite en emmenant eux aussi des otages ainsi que le butin du pillage. On relève les pagodes et les maisons brûlées. Pavie choisit de bâtir son consulat sur la rive droite moins menacée, d'y installer les Cambodgiens de la mission. Il localise le cénotaphe de Mouhot et le fait reconstruire, puis se met en route pour Bangkok. À la cour du royaume de l'Éléphant blanc, il décrit l'incendie de la ville dont les Siamois sont responsables, élève une protestation. On accepte de lui remettre une partie des otages. Il repart pour Luang Prabang, confie la représentation française aux Cambodgiens. C'est enfin le début de son exploration.

Pavie cherche vers le nord-est un passage où franchir la cordillère pour gagner le Tonkin sans le détour par le fleuve Rouge et la Chine. Il rencontre les Pavillons et remet au chef Deo Van Tri ses deux frères qu'il a fait libérer à Bangkok. On lui promet en échange les otages laotiens. Le chemin lui est ouvert à travers les montagnes, jusqu'à Muang Theng ou Diên Biên Phu. Pavie est le premier Français à traverser la cuvette, le premier à descendre la rivière Noire, Song Da, jusqu'au lac et Hoa Binh pour atteindre Hanoi : il vient d'ouvrir une voie depuis la mer de Chine et le port de Haiphong jusqu'au Mékong à Luang Prabang.

Pendant les trois années qui suivent, Pavie parcourt le Laos, noue des contacts avec de nombreux collaborateurs parmi lesquels un médecin suisse de l'Institut Pasteur, le docteur Yersin, des voyageurs qui enverront leurs cartes à Luang Prabang, où elles seront centralisées et coordonnées. Onze mille kilomètres parcourus en trois ans dont cinq mille de relevés nouveaux. Pavie délimite un nouveau Laos et ressuscite le royaume du Million d'éléphants. Le vieux roi Oun Kam, dont l'autorité ne dépassait pas Luang Prabang, devient le souverain d'un vaste territoire. Les voies sont ouvertes, les routes, c'est l'accélération, la grand-roue de l'Indo-Chine, les déplacements incessants. Des jours de marche quand il fallait autrefois des semaines.

En 1890, pendant que Brazza et Conrad naviguent chacun de leur côté sur le Congo, pendant que Stanley est au Caire après avoir secouru Emin Pacha en Équatoria, Pavie gagne Bangkok puis Phnom Penh, Diên Biên Phu, où il séjourne du 7 avril à la mi-mai pour signer un accord de paix avec Deo Van Seng et son fils Deo Van Tri. Il descend à Saigon, on le convoque à Paris où il fait son rapport : sur la question des frontières tout piétine. Le Siam résiste.

Pavie est promu consul général à Bangkok et commissaire de la République pour la question des frontières. On lui confie la mission de délimiter celle de l'ouest depuis la Chine jusqu'au Cambodge. La France souhaite rattacher les États shans du Nord au Siam, afin de constituer une zone tampon entre les deux puissances européennes. L'Angleterre préférerait les adjoindre à la Birmanie mais ne voit pas d'urgence au bornage. C'est cinq ans après le congrès de Berlin. Un peu partout en Afrique, les deux armées sont au bord de l'accrochage. De toute l'Asie continentale du Sud, le royaume du Siam demeure le seul territoire indépendant : de l'actuel Pakistan jusqu'à la Birmanie c'est l'administration du Raj des Anglais, et de l'autre côté l'Indochine française constituée d'une colonie, la Cochinchine, et de quatre protectorats, le Cambodge, le Laos, le Tonkin et l'Annam. La situation s'enlise.

Le Siam se croit protégé par son rôle d'arbitre. Son armée attaque à nouveau le Laos en juin 1893, massacre les soldats français et les civils laotiens d'un camp sur la rive gauche du Mékong. C'est l'escalade. Début juillet, l'escadre d'Extrême-Orient quitte Saigon, le 12 juillet force la barre du port de Bangkok. Les canons des forts ouvrent le feu. Les navires ripostent, remontent la rivière, mouillent devant le consulat de France au plein cœur de la capitale. C'est quelques dizaines d'années avant la victoire navale des vichystes. Et l'on peut s'étonner de l'acharnement de la marine française à ne jamais vaincre que la flotte du Siam.

À Londres, les journaux appellent à la guerre, dénoncent le coup de force d'une « puissance européenne de premier rang » contre « un faible État oriental ». Lord Balfour veut soutenir le roi Chulalongkorn. La France hésite à s'emparer du Siam vaincu, choisit de remettre un ultimatum au palais, exige la reconnaissance de l'autorité du Laos et du Cambodge sur toute la rive gauche du Mékong. Le roi refuse. Pavie plie son pavillon, quitte le consulat, s'installe à bord du navire amiral *La Triomphante* que protègent les six bâtiments de la flotte, fait pointer les batteries et décrète le blocus de la capitale. La reine Victoria fait pression sur le roi. Le Siam doit céder, signer, payer à la France trois millions de piastres de dédommagement. La convention ne lui laisse que la rive droite du Mékong.

En six ans, les Chinois ont été repoussés vers le nord et les Siamois vers l'ouest. Le Laos sur le point d'être dépecé est constitué dans ses frontières actuelles. Encore faut-il les délimiter sur le terrain avec la Chine et l'Angleterre. On convient d'un rendez-vous à Muang Sing dans le Haut-Mékong, où se retrouveront les deux missions géographiques. La négociation est confiée à Pavie. Parce que mine de rien, en six ans, l'ancien télégraphiste, le gamin qui rêvait à Brest du soleil de Mexico, vient d'allonger de plusieurs centaines de kilomètres la frontière terrestre entre la France et la Chine.

au-delà du Triangle d'or

La route serpente dans la montagne, couverte de poussière jaune, ponctuée de bornes kilométriques blanches à bonnet rouge. Parfois elle surplombe la jungle en contrebas comme vue d'avion. Ce que le Viking appelait le persil.

Nous étions assis sur la terrasse de sa cabane à la frontière birmane, et il me disait la hantise des aviateurs de devoir se poser sur le persil sans balise de détresse, de descendre en parachute en essayant de mémoriser la direction de la dernière piste entrevue avant la panne, le dernier serpent de rouille au milieu du persil. L'arrêt des moteurs. L'oiseau blanc qu'on voit plus loin piquer du nez. Il m'avait raconté l'histoire de ce village indonésien et les croyances des chasseurs de grands singes, gorilles et orangs-outangs sacrés, enchaînés aux arbres, auxquels on apportait les restes des repas et des offrandes. On s'était aperçu que l'un des gorilles blancs avait gravé dans l'écorce avant sa mort son nom et celui de son village natal en Hollande. De telles légendes couraient parmi les aviateurs, me disait-il, les yeux écarquillés, emplissant son verre d'alcool de riz.

Hier déjà, un pneu a éclaté. J'imagine l'accident. La puissante voiture tout-terrain bascule dans le ravin. Nali est assise à l'avant à côté du chauffeur. Je suis allongé à l'arrière et vois la carrosserie rebondir en tonneaux le long de la falaise. Je pense à l'article de Sarah Boseley que je transporte avec moi et dont je n'ai jamais parlé à Nali. Le jour où j'ai découvert cet article à Phnom Penh, paru dans *The Guardian* de Londres et repris dans *The Cambodia Daily* du 5 février 2010, pendant que je découpais la page pour la glisser dans mes archives, je m'étais souvenu de l'histoire du gorille blanc que m'avait racontée le Viking un an plus tôt.

Adrian Owen, de l'université de Cambridge, rencontre un Anglais de vingt-neuf ans dans le coma depuis sept ans à la suite d'un accident de la route. Le chercheur lui pose des questions après l'avoir enfourné dans un scanner. Pour répondre oui, on lui demande d'imaginer une partie de tennis, activité motrice, et pour répondre non, de visiter une à une les pièces de sa maison, activité de spatialisation. Assis devant un écran où se déplacent des zones colorées, Adrian Owen découvre que le jeune Anglais, depuis sept ans, est conscient et allongé là, nourri par les tubes, entend le personnel autour de lui. Son corps qui ne connaît ni la fatigue ni les excès survivra des dizaines d'années. On peut maintenant l'informer, lui lire les journaux ou des romans. Jusqu'à ce qu'une révolution utopiste en Angleterre décide un jour d'interdire les journaux, les romans, les hôpitaux, les infirmiers. Et qu'on le débranche.

Peut-être convient-il de stocker assez d'images pour les revoir pendant des dizaines d'années sur l'écran de la mémoire. Comme tous ceux qui ont couru la planète ou agi dans l'Histoire. Pavie et la bande de La Petite Vache. Si la voiture basculait maintenant au fond du ravin, si Nali et le chauffeur, indemnes, se penchaient sur mon corps inerte et désarticulé, mais conscient, j'entendrais leurs voix sans les comprendre. Nali cesserait de traduire.

Nous dépassons des chasseurs hmongs en file indienne, avec dans le dos leur arbalète et leurs flèches de bambou dans un carquois, une machette à la taille et des amulettes autour du cou. C'est dans cette région, loin à l'écart de la route, dans des camps entourés de barbelés, que croupissent et meurent à petit feu les groupes de Hmongs Vang Pao qui se sont rendus au début des années deux mille. Parfois, en travers de la route, un bâton rouge et blanc horizontal.

Il est difficile de parcourir plus d'une vingtaine de kilomètres sans être immobilisé par les travaux. Partout dans le monde des ouvriers chinois construisent des routes. Au Gabon la route de Brazza sur les plateaux Batékés. Ces Chinois-là sont aussi bien ici que sur les chantiers des chemins de fer en Angola, ou sur celui du pipeline au Darfour. Plus près de chez eux. Ils vivent dans des camps de toile militaire et de bambou, des camps itinérants au milieu des réserves de pierres, de sable, de ciment, de carburant, au milieu des camions et des pelleteuses, des bourrasques de poussière jaune. Bientôt les travaux s'arrêteront pour la saison des pluies et ils regagneront la Chine. La route sous les bourrasques redeviendra impraticable.

Depuis que nous avons dépassé le Triangle d'or, montons dans cette zone que l'oncle de Nali appelle en français le Quadriangle d'or, et non le carré, ou le rectangle, me soutenant qu'il existe ici un mot pour ça, pour cette zone où se côtoient la Thaïlande et le Myanmar, la Chine et le Laos, tous les panneaux sont bilingues. Je cherche notre progression sur la carte achetée à Bangkok. Les noms y apparaissent en alphabet latin correspondant à une prononciation thaïlandaise. Ainsi Viangchan plutôt que Vientiane. Plus au sud, le temple disputé de Preah Vihéar y est localisé loin du territoire cambodgien.

La famille de Nali est originaire de cette région du Nord. Le lao, qui selon elle ressemble beaucoup au thaï, n'est pas sa première langue. Enfant, elle parlait celle des Lao Theungs, ou Khmus, plus proche du khmer. Sa mère a grandi à Luang Nam Tha. Ses parents, militants du Pathet Lao, se sont rencontrés dans les rangs de la guérilla des plateaux. Son père est mort et elle vit à Vientiane avec sa mère qui bénéficie, comme maintenant sa sœur, d'un emploi réservé. Nali est la fille de patriotes révolutionnaires. Elle appartient, comme son oncle Singh envoyé en Union soviétique, à une famille héroïque. Après avoir suivi des études d'agronomie et le soir les cours de l'Alliance française, elle a effectué un stage d'arboriculture pendant plusieurs mois non loin de la frontière du Yunnan. La nuit, selon elle, les Chinois franchissaient la frontière pour venir voler des buffles au Laos.

À Luang Nam Tha, la ville est déjà très chinoise. Près du marché un distribanque. Nali aimerait posséder une carte bancaire. Il faut pour cela disposer, me dit-elle, d'un capital minimal de cinq millions de kips, environ cinq cents euros.

Elle passe ses soirées dans la famille de ses cousins.

la nuit sans Nali

Son petit visage buté me manque déjà, ses sourcils froncés, son sourire plein de tristesse et son âme transmigrée, la moue dubitative lorsque je lui ai dit qu'un jour, encore plus au nord, il y avait eu sur le Mékong, aujourd'hui presque à sec, un grand navire de guerre.

Au hasard de nos escales, elle feuillette les livres et les journaux que je transporte dans mes bagages. Son français endormi s'est amélioré et ses doutes se sont accrus. Je sais qu'elle prend conseil chaque soir auprès de sa mère par téléphone et lui répète nos conversations. Si je n'ai jamais mentionné devant elle l'article de Sarah Boseley, c'est que sa famille, révolutionnaire et communiste, est aussi bouddhiste. Nali croit en la réincarnation. Les vies successives. Je ne sais ce qu'elle penserait de l'âme prisonnière du jeune Anglais. Ni dans quel abîme la plongerait cette interrogation.

Ce sont les bonzes de la pagode, les vieux sages qu'il faudrait interroger. Conviendrait-il de l'incinérer, ce jeune Anglais, pour libérer son âme et lui permettre de naître à nouveau, de progresser vers le nirvana ? Il n'éprouve aucune douleur. Seulement de la souffrance. Laquelle disparaîtrait avec lui si on le débranchait à son insu, comme un endormissement.

Le jeune Anglais ne peut avoir aucune connaissance

du temps des calendriers. Même les spéléologues égarés et les prisonniers au secret en perdent vite la mesure. Lui a-t-on communiqué, à l'issue de l'expérience, la date du jour ? Lui a-t-on appris que sept ans se sont écoulés depuis l'accident ? Qu'il est âgé aujourd'hui de vingt-neuf ans ? Sa peine est une condamnation à perpétuité. Un régime politique peut s'emparer du procédé. Empêcher ses ennemis de mourir jamais.

Leur brailler jour et nuit aux oreilles les slogans des vainqueurs.

À Phnom Penh, Douch, qui plaidait coupable, a récusé son avocat français. Au dernier jour du procès, il a demandé sa relaxe, son acquittement. En dirigeant Tuol Sleng, il estime n'avoir pas enfreint les lois du Kampuchéa démocratique alors en vigueur, pour la simple raison qu'aucune loi n'était en vigueur. C'est l'argument de son avocat cambodgien : *nullum crimen sine lege*. Il a regagné sa cellule, repris la vie monotone et paisible qui est la sienne depuis plus de dix ans. Sans plus la distraction des dossiers à préparer. Les allers-retours entre la prison et le tribunal. Un petit métier en somme. Et les autres, les vieux amis, dans leur cellule, attendent la condamnation de Douch et le début de leur procès collectif.

Comme dans les tribunaux d'Arusha et de La Haye, la communauté internationale a exigé l'abolition de la peine de mort avant le début de l'instruction. Le Cambodge, par le hasard de son histoire monstrueuse, les millions de morts, est ainsi le seul pays abolitionniste de la zone. Douch ne craint pas d'être fusillé. Comment voit-il sa mort, le bourreau, lui qui ne croit plus aux vies multiples du bouddhisme mais à l'enfer des chrétiens ? La perpétuité véritable est une peine plus lourde, qui s'accompagne toujours de l'interdiction du suicide.

Le premier droit retiré à tout accusé, avec ses lacets et sa ceinture, alors qu'il est toujours présumé innocent, est le droit au suicide dont dispose tout homme libre. Même lors d'une garde à vue dans un État de droit. Dans tous les centres de torture, le suicide est interdit. Mais il y a dans ces situations l'attente de l'aveu, des dénonciations, le délire du renseignement. À Tuol Sleng, le gardien dont un prisonnier est parvenu à se suicider est condamné à mort pour complicité ou négligence. Les centres de torture ont toujours bénéficié des avancées de la technologie. De l'invention de l'électricité et des progrès de la chirurgie. On torture sous assistance médicale. Ces machines qui maintiennent en vie le jeune Anglais permettront de conserver des prisonniers. De les travailler pendant des mois et des années. D'assouvir la vengeance infinie des vainqueurs. C'est l'image orwellienne de la botte qui piétine éternellement un visage humain.

Staline vient s'asseoir, chaque nuit, seul, près du caisson de Lénine, égrène la liste de ses vieux camarades exécutés dans la journée ou envoyés au goulag.

sur la frontière

Nous voilà en Chine, avec Nali, pas vraiment, à quelques mètres. Debout au poste de douane. L'immense portique découpe les montagnes vertes et brumeuses du Yunnan. Il est difficile de concevoir que ce pays frôlé au nord par les rails du Transsibérien descend ici jusqu'au Laos. Il me semble que l'officier m'observe d'un air soupçonneux, qui peut-être fut en poste à Vladivostok. Si l'information remonte à ses supérieurs, les Chinois ne tarderont pas à s'apercevoir que je les ai encerclés.

Autour de nous le ballet des bulldozers, des scrapers, des camions jaunes emplis de terre rouge. Des empilements de fers à béton et de sacs de ciment. Faut-il des routes ? C'était déjà le sujet d'un roman de George Groslier, *La Route du plus fort*, dans lequel le premier Franco-Cambodgien se montrait déchiré entre son goût pour la modernité, les sciences et les techniques, l'essor du commerce, et sa crainte de voir les routes coloniales françaises porter atteinte à la vieille civilisation khmère assoupie.

Ici, Chinois et Thaïlandais construisent ensemble l'autoroute Bangkok-Kunming sans trop se soucier de cette petite partie de tiers-monde traversée au Laos. Considérée comme une manière de *no man's land* entre capitalisme et communisme, on vient d'y édifier trois hôtels de luxe et un casino, parce que les jeux d'argent, comme la prostitution, sont interdits sur le territoire thaïlandais.

Le Laos et le Cambodge se sont toujours retrouvés entre l'enclume et le marteau. Si pendant des siècles la menace était Est-Ouest, écrasés entre le Siam et l'Annam, depuis la fin de la Guerre froide elle tend à devenir Nord-Sud, entre l'énorme pression de la Chine qui descend et de l'Islam qui monte depuis l'Indonésie. Vers la Malaisie où l'on vient d'interdire aux chrétiens d'appeler leur dieu Allah comme ils l'ont toujours fait, vers la guérilla djihadiste au sud de la Thaïlande. Dans toute la zone, les minarets poussent comme des champignons pendant que le pouvoir chinois réprime ses musulmans ouïgours, exige que ceux qui se sont réfugiés à l'étranger lui soient renvoyés.

Suivant l'exemple du commissaire Maigret, j'ai entrepris de relever à mon tour des listes de nombres, lesquelles animeront nos soirées près du Marché russe, à mon retour à Phnom Penh. Un éditorial de l'*Asahi Shimbun* de ce mois signale que l'Armée rouge chinoise est déjà la première du monde et continue de s'équiper, qu'elle est capable de descendre n'importe quel missile ou satellite, qu'elle installe des bases militaires au Sri Lanka, en Birmanie et au Pakistan pour encercler l'Inde. Cet article didactique rappelle que la Chine, avec ses 18 000 km de côte et ses 20 000 km de frontière, est le voisin gigantesque de vingt-neuf pays.

Même si elle n'a plus de frontière terrestre avec la France, malgré les efforts de Pavie.

le grand camp

On ne se rend pas compte encore de ce que j'ai fait. Quand on me découvrira, je ne sais pas quand, dans vingt, dans cinquante ans peut-être, on sera bien étonné de tout ce que j'ai accompli.

Pavie

Mais non, Auguste, on ne te découvrira pas. Ton nom sera oublié, tombera comme les autres dans l'abîme. Demeure une statue dans un jardin de Vientiane. Et une vague silhouette au grand chapeau de feutre dans l'esprit de quelques Laotiens, dans le mien aussi, et à présent dans celui de Nali, puisque nous parvenons dans ce confin, ce bout du monde, à une dizaine de kilomètres de la Chine vers le nord, une vingtaine de la Birmanie à l'ouest de l'autre côté du Mékong. À l'extrémité de ces deux pistes, le passage est aujourd'hui interdit. Une voie sans issue.

Autour de Muang Sing, la forêt dense, des rivières, des chutes. De ces paysages presque indiens et très verts où parfois une brume effilochée s'accroche aux plantations sur les collines. Nous descendons jusqu'au fleuve au bord duquel je m'accroupis pour recueillir un peu d'eau au creux de ma main. L'une de ces molécules, ces trois atomes soudés à la fonte des neiges himalayennes, ira baigner Luang Prabang puis Vientiane. Si elle n'est pas bue par un animal, évaporée sous une marmite ou sur la peau d'une jolie baigneuse. À Phnom Penh, elle suivra au hasard le bras principal du Mékong ou le Bassac, longera les cargos de Can Tho ou les jonques de My Tho pour gagner la mer de Chine. Je montre le presque ruisseau à Nali, lui répète qu'il y eut ici un jour un grand navire de guerre. Elle rit.

Sur ces plateaux d'altitude moyenne, chaque peuple continue de bâtir ses villages selon sa propre architecture. Nali négocie, et nous louons une maison hmong en bois de teck pour l'armature et murs de bambou tressé d'un jaune paille, surélevée d'un mètre au-dessus du sol. Au centre du village pas une herbe, pas un arbre, la terre nue et battue, balayée, une théorie de cochons noirs et de volailles qui sommeille sous les maisons. Ici, quelque part sur ce plateau, de janvier à avril 1895, se côtoient Scott et Pavie, les deux commissaires de la mission géographique. Il s'agit de savoir enfin si Muang Sing est au Laos ou en Birmanie. Autant dire en France ou en Angleterre.

Le petit groupe des Français est ponctuel et fatigué. Il vient de parcourir à marche forcée des centaines de kilomètres pour borner la frontière chinoise et vient s'occuper de la birmane. Scott et Pavie se sont rencontrés à Bangkok quelques mois plus tôt, ils ont décidé de l'ordre des travaux. Les Français arrivent à Muang Sing le 1er janvier, comme convenu, et peut-être les Anglais, arrivés les premiers, font-ils servir le champagne chaud dans les timbales en argent pour fêter la nouvelle année.

Pavie est accompagné de deux officiers topographes,

deux agents civils et le médecin Lefèvre. Sa garde est composée d'une poignée de Thaïs choisis par Deo Van Tri à Lai Chau. Le petit groupe avance étonné au milieu du grand camp des Anglais comme dans les pages d'un roman de Kipling. Les Anglais ont tenu à s'installer les premiers, ils ont défriché une vaste esplanade, comme s'ils pensaient rester là toujours, dressé au long des allées rectilignes les tentes apportées depuis l'Inde à dos de mulet. Les cornacs nourrissent à l'enclos les éléphants. Le pavillon britannique flotte au-dessus du carré des officiers. Meubles pliants de teck et de cuir. Scott et sa femme en robe blanche sont entourés de Warry, ancien consul à Pékin, de Stirling, représentant du gouvernement des Indes, de Woodthorpe, chef du service géographique. Des serviteurs en jodhpurs ouvrent les malles d'osier et sortent la porcelaine et le brandy. Pavie note que « ce fut un spectacle curieux que cet assemblement subit des hommes de tant de races qui nous accompagnaient, Indous, Gourkas, Khas Lassis, Khas Sias, Birmans Kouns, Yunnanais, Thaïs, Laotiens, Annamites, Chinois, etc., au milieu d'une population elle-même variée à l'extrême, Lues Younes, Yaos, Méos, Khas Kos, etc. ».

Face au déploiement de faste et de puissance des Anglais, les Français font avec « les moyens du bord », comme l'écrit Pavie l'ancien marin, s'installent dans des paillotes, sortent de leurs sacs-matelots des boîtes de pâté peut-être déjà Hénaff et des sardines à l'huile, du sucre, des biscuits. C'est aussi l'avantage d'être moins autonome que d'entretenir des liens privilégiés avec les villages voisins. « Ils semblaient fiers de voir que dans notre campement aucun soldat armé ne les tenait à l'écart, ils étaient contents de pouvoir s'approcher de nous en toute aisance et nous faire des questions pour leur curiosité. »

Réunis au carré des officiers des Indes, on déplie les plans, déroule les cartes respectives. On constitue des équipes mixtes qui s'en vont effectuer les relevés. Le vaste plateau verdoyant de Muang Sing est à près de mille mètres d'altitude. « Dans cette très belle saison, de repos pour les gens, de température idéale pour nous, l'impression première éprouvée était toute de charme. Il semblait qu'après la fatigue supportée des longues marches, nous étions arrivés en pleine pastorale, ou en acteurs inattendus dans le déroulement simple d'un conte d'Extrême-Orient. »

On est ici sur la rive gauche du Mékong. Pavie tient à poser la frontière sur le fleuve, à contenir la Birmanie sur la rive droite, afin que les deux pays jouissent d'un libre accès à ses rives. Il compte sur le soutien des populations locales qui connaissent sa réputation d'homme de paix et n'ont jamais vu d'Anglais. « Le penchant vers nous se lisait dans tous les yeux, il nous était exprimé par toutes les bouches. Non seulement nous nous sentions en sécurité absolue parmi les gens, mais nous comprenions combien du premier au dernier tous désiraient suivre notre direction. »

Pendant trois mois, les deux missions se côtoient et établissent des « relations d'une simplicité cordiale », prennent des repas en commun, « que chacun s'attachait à rendre agréables par la recherche d'attentions aimables qui suppléaient au confort absent ». Les voyageurs après le dîner discutent autour de grands feux, retracent leurs expéditions et décrivent les pays qu'ils ont traversés. Woodthorpe organise des représentations de danses indiennes. Peintre, il fait le portrait de Pavie et le lui offre. Celui-ci annonce qu'à la fin de cette mission il a résolu de quitter l'Asie pour n'y plus revenir. Il veut se retirer en Bretagne, écrire ses livres. C'est un vieil homme qui tisonne la braise, avec nostalgie déjà. Il ne devrait pas annoncer son départ. C'est une erreur diplomatique. Les fourbes Anglais vont en profiter.

Pendant que les cartographes arpentent le territoire, Pavie se promène dans les villages alentour. « En voyant cette population de mœurs douces, pour laquelle nous étions réputés bons, je sentais que nous n'aurions pas, dans l'avenir plus qu'alors, besoin de soldats pour faire régner le calme intérieur et faire respecter les droits particuliers. C'était mon bonheur de songer que du bas du Cambodge jusqu'aux frontières chinoises j'avais, partout où j'étais passé, pris le même sentiment. »

Le 2 avril, Scott et Pavie contresignent une carte identique, laquelle sera transmise à leur gouvernement respectif. C'est à présent l'affaire des diplomates. Pavie se met en route pour Luang Prabang, où le vieux roi Oun Kam, le vieux sage aux cheveux blancs, que Pavie a sauvé huit ans plus tôt en organisant la fuite sur le fleuve, lui demande d'assister au couronnement de son fils, le nouveau roi Zakarine. Il est accompagné dans cette dernière marche par Deo Van Tri venu lui faire ses adieux : « Je repassais, l'esprit tranquille et reposé, dans ces anciennes étapes de ma vie de voyageur, fixant passionnément les yeux sur le sol et les gens, sur toute cette nature que je ne reverrais plus, voulant conserver, parfaites en moi, ces images aimées. »

Il lui reste pourtant trente ans à vivre. Jamais il ne voudra effacer ces images par un voyage de retour.

l'arrivée triomphale du *La Grandière*

En fin d'après-midi, nous regagnons notre maison hmong, heureux comme le Bouddha du mardi, nous nous installons dans la salle commune sous le ventilateur plafonnier. Au centre et autour du village les poules grattent la terre nue. Sans doute faut-il s'être éloigné de la nature, l'avoir vaincue, pour lui offrir une trêve et introduire des jardins dans les villes, mais selon Nali, c'est par crainte des incendies provoqués par la culture sur brûlis. Elle me rappelle, d'un ton un peu sec, ses études d'agronomie. Je consigne quelques notes et ouvre un livre.

– Le plus riche de chacun de nous est au-dedans, au plus profond, dit-elle d'une voix douce, énigmatique. La vie intérieure.

Nali n'entreprend pas de me convertir au bouddhisme. Je décèle plutôt dans ses propos une mansuétude à l'égard de ce Français égaré qui veut croire qu'il y eut ici à Muang Sing un navire de guerre sur le Mékong, a rêvé cette histoire et fini par s'en persuader. Je reprends pour elle mon récit où je l'avais laissé au bord du fleuve. Dès le départ de Pavie, un mois après, Stirling revient à Muang Sing avec des centaines de soldats et viole le *statu quo*. Il croit pouvoir forcer les choses et mettre les Français devant le fait accompli.

Le pavillon britannique flotte sur le Laos. C'est aussitôt dans les journaux anglais et français « L'affaire de Muang Sing ». Les deux puissances coloniales sont au bord de l'affrontement. À la fin de l'année apparaît comme par miracle le *La Grandière*, dont les Anglais voient la silhouette grise se dresser sur les eaux du haut Mékong, autre chose qu'une simple canonnière, et qui menace leur camp de sa puissance de feu.

Construit en France, conçu pour ne nécessiter qu'un très faible tirant d'eau, le navire est expédié en pièces détachées à Saigon où il est assemblé en juillet 1893. Le *La Grandière* entame la laborieuse remontée du delta. Au-delà de Phnom Penh, il est transbordé dans le bief moyen du fleuve par le nouveau chemin de fer de Khône, continue sa lente progression au gré des avaries et des décrues. Il apparaît devant Vientiane fin 94, en septembre 95 devant Luang Prabang, remonte vers le nord et se poste devant Muang Sing en décembre. Dès janvier les troupes anglaises lèvent le camp, traversent le fleuve et se replient en Birmanie. La frontière du Laos n'a pas bougé depuis.

Deux ans plus tard, en Afrique, c'est la revanche des Anglais. La situation est inversée comme dans un jeu de miroir. La petite troupe du capitaine Marchand est confinée dans le fortin de Fachoda. Le drapeau tricolore faseye au milieu des sables blonds de l'Égypte. Sur les eaux vertes du haut Nil vient stationner le *Sultan* qui pointe ses canons. Lord Kitchener invite Marchand à son bord et lui remet l'ultimatum. Les Français amènent leur pavillon et s'en vont. On ne peut gagner ni perdre à tous les coups. Nali me demande s'il y a des preuves de tout ça. Je lui dis les livres, les témoignages, les historiens. Elle semble dubitative. J'ajoute qu'après tout il n'y a pas de preuve non plus de l'existence de Kaysone Phomvihane. Maintenant elle fait la tête.

Ce qui l'intéresse c'est l'agriculture, dit-elle, pas les bateaux.

Je vais chercher dans ma chambre l'exemplaire du récit de Garnier, tourne des pages, trouve le passage consacré à ses ancêtres qu'il appelle Khmous. Nali suit les lignes du doigt. « On coupe les arbres et les broussailles vers le milieu de la saison sèche ; quelques semaines après, on y met le feu. Dès que les premières pluies arrivent, on plante le riz à l'aide d'un bâton dans la légère couche de cendres qui recouvre le sol. » C'est la technique de l'abattis-brûlis, m'explique Nali l'agronome, pratique qu'il faut éradiquer, un désastre écologique, la déforestation, les incendies. Elle m'apprend qu'ici on a mis fin à l'usage collectif des terres en 1995, qu'elles ont été vendues en parcelles pour la canne à sucre et la pastèque. Mais qu'aujourd'hui, davantage encore que l'abattis-brûlis, le problème c'est le caoutchouc.

Nous rencontrons quelques jours plus tard, à son initiative, celui qui le premier a acheté des terres privatisées pour y introduire l'hévéa. Ses arbres ont douze ans. Il nous reçoit au bord de sa plantation. C'est un petit homme mangé de soleil, chapeau de brousse en toile, chemise de pub chinoise, jeans, bottes de caoutchouc vertes, beau coupe-coupe à la hanche dans son fourreau de bambou, genre cow-boy. Il vient fumer les pieds avec de la bouse de buffle. Un pot est fixé à chaque tronc.

C'est la nuit qu'il faut saigner, dit-il, vers une heure du matin, avec la montée de la sève. Le village des saigneurs est plus haut sur la colline. Il vend aujourd'hui treize mille kips le kilo de latex, la sève fixée par un adjuvant chimique qu'il achète aussi aux Chinois, comme il leur a acheté les plants d'hévéas. Mais les prix fluctuent avec la crise de l'automobile. Les arbres peuvent donner jusqu'à quarante ans. Le système est colonial. La société chinoise Gao Shen offre les semences aux nouveaux exploitants, plus un capital de trois cent cinquante mille kips et ensuite un salaire mensuel. Elle projette de couvrir le Laos de plantations. C'est la même chose avec le café sur le plateau des Bolovens, d'après Nali, où se sont installés des experts salvadoriens. Le gouvernement voudrait freiner la déforestation mais n'est plus propriétaire des terres. Nali semble se demander si c'était bien la peine d'abandonner la réforme agraire de la Révolution, si c'est pour transformer encore une fois les paysans en ouvriers.

À l'époque du protectorat, la seule production locale exportée ressemblait un peu aux boulettes noires du latex. Le village de Muang Sing a été tracé sur le plateau où s'étaient rencontrés Scott et Pavie, une longue rue toute droite. D'un côté la caserne, de l'autre, juste en face, un marché couvert dont la très grande dimension montre à quel point le lieu était une place forte du commerce de l'opium, que la Régie achetait ici en gros, envoyait à Saigon, où il était conditionné en petites boîtes métalliques et vendu dans les fumeries.

La caserne est inaugurée en 1916, dix ans après le départ de Pavie. Ainsi des militaires, qui sans doute n'avaient pas choisi leur affectation, se la coulaient plutôt douce, pendant que des civils transformés en Poilus s'en allaient au casse-pipe à Verdun. Des Méridionaux sans doute, puisque un peu partout on continue à jouer à la pétanque. Le lieu qu'on me laisse visiter est devenu le siège délabré de la police. La seule modification notable en près d'un siècle, alors que se démembrent portes et fenêtres, que les plafonds s'écroulent, aura été dans la cour l'érection d'une manière de pagodon à l'inévitable Kaysone Phomvihane, buste de bronze, en costume-cravate du Politburo.

Les flics sont aujourd'hui en conciliabule avec quelques soldats en uniforme vert olive assez cubain, au chevet d'un vieil hélicoptère russe dont les pales pendouillent comme des pétales fanés. Policier, tu gagnes cinquante dollars par mois plus le riz et les vêtements, calcule Nali. Quant à l'opium, leur seule activité consiste à arnaquer parfois de quelques centaines de dollars un étranger trop naïf, toujours avec la même boulette, aussitôt confisquée, sans même les contraintes ni la fatigue de l'agriculture, puisque aussi bien une crotte de bique ferait l'affaire. Il est préférable de se contenter du *lao lao*, l'alcool de riz local. Nous traversons la rue vers le marché surdimensionné, dont les étals des restaurateurs n'occupent plus qu'une infime partie. Nali raffole des brochettes de pattes de poulet et de croupions. Même si sa mère proscrit les grillades davantage encore que l'opium, rit-elle en grignotant à belles dents, une main devant la bouche.

à Udomxay

Nali fait arrêter la voiture devant les monticules de pastèques au bord des champs, dont elle négocie le prix avec les paysannes. La région est particulièrement renommée pour la qualité de ses fruits, qu'elle finit par obtenir à moins de cinq mille kips la pièce, et dont je l'aide à emplir le coffre. À Luang Prabang, dit-elle, elle les revendra vingt mille.

Après une journée de route, nous nous installons dans un hôtel russe aux escaliers et couloirs démesurément larges, déposons chacun dans notre chambre nos bagages. Nous traversons le pont sur la Nam Pak pour aller dîner. Elle insiste pour entrer dans un gourbi créé par une organisation humanitaire. Il s'agit d'aider les familles qui renoncent à la culture de l'opium. La nourriture fait regretter la disparition de la Régie. Je compte quitter au plus vite cette petite ville qui n'en est pas vraiment une, un nœud routier, et pour cette raison fut assiégée par le Viêt-minh.

Le bourg avait été plus tard pilonné par les Américains et jamais vraiment reconstruit. Ce carrefour, que la carte thaïlandaise orthographie Muang Xai, est au centre d'une petite horloge : vers l'ouest, à neuf heures sur le cadran, la Birmanie, en haut à midi la Chine, vers l'est à trois heures le Vietnam par la route pour

Diên Biên Phu qui est la seule à franchir les montagnes. C'est ce chemin qu'avait ouvert Pavie entre le Laos et le Tonkin. Nali fronce les sourcils. Elle ignorait que la ville avait été bombardée, ne me croit pas vraiment.

Le lendemain, elle m'annonce que sa mère, jointe comme tous les soirs au téléphone, lui a confirmé les bombardements, et que plusieurs membres de sa famille ont été blessés ici. C'est elle maintenant qui m'interroge sur la guerre. Mon crédit est à ce point remonté auprès d'elle qu'elle est prête à accepter le *La Grandière* sur le Mékong. Je vais chercher un livre de photographies, lui dis un peu les trois guerres d'Indochine, et que c'est pendant la deuxième que le Laos avait été bombardé. Dans ce livre que nous ouvrons, le spectacle paraît hollywoodien, les photographies en couleurs, comme si c'était le livre des vainqueurs.

Nali tourne les pages au hasard, passe du coq à l'âne. Le débarquement des troupes américaines à Danang. Sur la plage la bannière étoilée toute neuve et les armes approvisionnées, les uniformes impeccables. La même bannière pliée dix ans plus tard sous le bras d'un ambassadeur qui monte à bord d'un hélico. Les visages noircis de peintures de guerre des soldats qui pataugent dans la boue, les fusils levés à deux mains au-dessus du casque. Une formation de B-52 en plein ciel. Les bonzes immolés à Saigon. L'assassinat des frères Ngô Dinh Diêm et Ngô Dinh Nhu. L'offensive du Têt et le feu d'artifice des roquettes la nuit au-dessus de la rue Catinat. La photo de cette petite fille nue qui court les bras écartés comme les ailes d'un oiseau sur une route en pleurant, ses vêtements arrachés par le souffle du napalm. Le chef de la police sud-vietnamienne, Nguyên Ngoc Loan, qui exécute au revolver d'une balle dans la tête à bout portant un prisonnier viêtcong agenouillé, les mains liées.

Nali referme le livre, un peu déçue.

Rien sur le camp des vainqueurs qui furent avant tout les victimes. Rien sur ses parents qui combattaient au nom du communisme le régime féodal, et affrontaient en réalité l'armée des Hmongs et d'autres peuples manipulés. Les dizaines de peuples retournés au hasard des conflits par les Français, les Vietnamiens, les Américains. Les Braos, Jaraïs, Kachacks, Kravets, Khmers loeus, Stiengs, Sedangs… Les Thaïs qui se sont battus à Diên Biên Phu du côté français et n'étaient pas thaïlandais. Comme les Thaïlandais ne sont pas tous thaïs, même si le royaume du Siam avait décidé au début de la Seconde Guerre mondiale de devenir le seul Thaï Land avant d'accueillir les Japonais. Prathet Thaï.

Pas de photos des tribus courant affolées sous les avions, les pluies de défoliant, les bombes dans les rizières comme des dragons ou des esprits réveillés. Les plantations en flammes. La divinité des grands poissons célestes. De leur ventre les chapelets de bombes dont les ailettes se déverrouillent et piquent en vrille vers le sol. Les premiers restent là debout main en visière, tout le village assemblé, les enfants, le sang gicle, les membres explosent, le sol tremble et se retourne comme une vague, l'eau des mares jaillit en colonnes de boue et de chair vers le ciel. Ils connaissent les mythes des Khmers qui ne sont pas les leurs, la mer de lait barattée par les armées qui s'arrachent le grand serpent Naga polycéphale comme on tire à la corde, les colonnes d'éléphants caparaçonnés. Dans les terres rouges du Ratanakiri, les chasseurs-cueilleurs armés d'arbalètes affrontent les hélicoptères Cobra hurlant du rock par les amplis accrochés à la carlingue tout en arrosant le village à la mitrailleuse. Les torches humaines enflammées au napalm courent au hasard des cratères. Les corps se recroquevillent au sol sous les bombes à absorption d'oxygène.

Nali fronce à nouveau les sourcils et me pose une question manifestement mûrie de longue date, comme s'il fallait en finir et crever l'abcès. Elle m'interroge sur mon peuple, voudrait savoir à quel peuple j'appartiens. Dans le système soviétique mis en place au Laos, distinguant citoyenneté et nationalité, trente-neuf peuples sont officiellement reconnus. Je lui réponds que non, je suis seulement français. Elle me demande si tous les Français sont français, c'est un peu délicat. Je lui réponds que pas mal de Hmongs ont un passeport français. Peut-être aussi des Lao Theungs. J'hésite à me lancer dans un exposé sur le droit du sol et le droit du sang, à donner en exemple Roman Kacew parmi tant d'autres, un juif lituanien devenu aviateur et Compagnon de la Libération sous le nom de Romain Gary, à citer le bel alexandrin de la Légion et sa coupure parfaite à l'hémistiche. Non par le sang reçu mais par le sang versé. Elle prend mon silence pour un aveu. Je sens bien que mon crédit s'effondre à nouveau. Que le *La Grandière* sombre au fond du Mékong.

Elle gagne sa chambre pour appeler sa mère, lui demander s'il est bien raisonnable de se faire l'interprète d'un paria, d'un sans-peuple.

le cimetière des éléphants

Si une création témoigna jamais de l'existence du Dieu tout-puissant et de son vaste, impétueux humour, c'est bien celle-là, merveilleuse juxtaposition du grotesque et du sublime.

Lowry

Il vient de passer la première moitié de sa vie entre le royaume du Million d'éléphants et celui de l'Éléphant blanc. À la différence de Mouhot il rentre cueillir ses lauriers. Dès son retour de Muang Sing, la Société de Géographie lui remet sa médaille d'or de l'année 1896. C'est deux ans après que celle-ci avait été remise à Brazza, et dans le discours d'éloge, le rapporteur, Édouard Caspari, établit un long parallèle entre les deux « explorateurs doublés d'hommes d'État ».

Pavie s'installe en Bretagne, ouvre les carnets qu'il tient depuis Kampot, relit ses notes, entreprend de s'atteler au grand œuvre. Son manoir de Thourie en Ille-et-Vilaine devient une annexe de La Petite Vache. Il y reçoit ses amis MacCarthy, Bonvalot, Brazza, Gallieni ou Charcot. Ce sont des hommes déjà vieillissants qui évoquent leurs souvenirs au coin d'une cheminée, leurs navigations périlleuses, leurs longues marches sur les banquises ou dans les jungles, les derniers éléphants, bientôt on cessera de graver des médailles. L'exploration laisse place à la colonisation. Pavie apprend en janvier 1898 la mise en congé forcé de Brazza opposé aux Compagnies. On le renvoie du Congo, prenant prétexte des retards accumulés par la mission Marchand dont il avait prévu l'échec. En août, c'est la revanche des Anglais à Fachoda.

Brazza dans son refuge d'Alger pourrait alors se consacrer lui aussi à l'écriture. Malgré la disgrâce qui le frappe, il continue de s'occuper du Congo, obtient une mission d'inspection, dénonce les exactions, meurt de dysenterie ou d'empoisonnement. Pavie repartirait au Laos si la situation y était comparable. Elle est alors sans commune mesure. Il refuse les ambassades à Mexico ou à Pékin, reste à Thourie, lui qui comparait en arrivant à Luang Prabang son paysage à celui de la Bretagne. Il met en ordre les documents de la Mission Pavie, fait paraître au cours des années suivantes les sept volumes de *Géographie & Voyages* avec cartes et photographies, rassemble ses collections d'histoire naturelle, ses dessins de fruits et de coquillages, traduit plusieurs recueils de contes khmers autrefois collectés.

Pavie part pour les Indes en 1911. Le goût lui en est venu peut-être dans le grand camp des Anglais, devant les spectacles donnés le soir à la lueur des feux par Woodthorpe. Mais c'est surtout, depuis Mouhot, le goût du Cambodge. Son dernier manuscrit, rédigé en voyage et inédit, déposé aux archives de Dinan, porte d'une écriture ronde le titre provisoire de *Notes sur les éléphants* et s'ouvre ainsi : « Je désirais en particulier connaître au moins superficiellement la terre d'origine de la civilisation qui nous avait valu Angkor et ses merveilles et le bon peuple khmer. Il me semblait qu'avec ma connaissance de celui-ci, je distinguerais dans les foules que je rencontrerais dans cette immense contrée des caractéristiques pouvant me montrer la région d'où il était sorti. »

La grande affaire de Pavie c'est le Cambodge. Le roi Sisowath lui confie l'éducation des jeunes princes Piranit et Monivong. Celui-ci choisit la carrière militaire, devient le premier Khmer saint-cyrien. Capitaine de la Légion, il sert en Algérie, espère devenir le premier général asiatique de l'armée française. Au lieu de quoi son père meurt en 1927 et il devient roi. C'est sous son règne, impuissant à contenir l'agression de la Thaïlande, que le Cambodge est amputé de Battambang, de Siem Reap et des temples d'Angkor, envahi par les Japonais. Il se retire à Kampot et y meurt en 41. À son chevet se tient sa jeune concubine Roeung, la cousine de Saloth Sâr, le futur Pol Pot.

Pavie avait reconstruit le tombeau de Mouhot, créé l'École cambodgienne, conseillé le futur roi Sisowath Monivong auquel succède son petit-fils Norodom Sihanouk, renversé par Lon Nol, lui-même chassé par Pol Pot. C'est une histoire brève, de Mouhot jusqu'aux Khmers rouges. Pavie meurt deux ans après Loti, un an après Conrad, pendant que Malraux dirige à Saigon son journal anticolonialiste. On l'enterre à Dinan. À la différence de Brazza et de Garnier, nul n'a jamais songé depuis à le déterrer. Pour le centenaire de sa naissance, alors que les Frères numérotés s'installent à Paris, Kim Ny, représentant du roi Sihanouk, et la princesse Savang du Laos viennent lui rendre un hommage en Bretagne.

Peut-être qu'un jour on te découvrira, finalement, Auguste, et, comme tu le prévoyais, on sera bien surpris de tout ce que tu as fait.

Quant aux éléphants, il n'est pas surprenant qu'aux folies de l'Histoire et aux carnages ils aient aussi payé leur dû, pleuré leurs victimes. Inaptes au camouflage davantage encore que l'autruche, ils sont souvent les dindons de la guerre, se font farcir au RPG depuis les hélicos ou piéger à la mine antichar, nourrissent équitablement les deux camps. Au royaume du Million d'éléphants, on en compte aujourd'hui moins de deux mille, dont cinq cents domestiqués pour le débardage et le transport du bois. Les sauvages sont braconnés.

En souvenir de Pavie, j'ai collecté dans les journaux, un siècle après lui, mes propres *Notes sur les éléphants*. Selon le *Cambodia Daily*, les six éléphantes des zoos de Corée du Sud sont ménopausées. Leur moyenne d'âge est de vingt-huit ans. Le commerce des pachydermes est interdit. Les Coréens négocient un échange avec le Cambodge, lequel se dit prêt à leur offrir une femelle de vingt ans. Ils en voudraient une de cinq ans, peut-être mineure. Le *Phnom Penh Post* honore d'une grande photographie en couleurs la seule éléphante de la capitale, Sombo, pour son cinquante et unième anniversaire.

Dans le bouddhisme theravada ici en vigueur, seules l'eau et la terre sont éternelles. L'éléphant est la dernière étape avant l'homme dans le cycle des réincarnations. La population humaine pourrait ainsi décroître ou même disparaître. Selon *Le Rénovateur*, on estime que dix femelles mettront bas au Laos dans les dix ans à venir, et que l'espèce devrait s'éteindre vers 2050. Pour ralentir ou enrayer cette disparition, on met en place un projet de reproduction. Les cornacs seront défrayés pour la longue période de gestation des éléphantes, pendant laquelle celles-ci sont inaptes au transport du bois et autres tâches pénibles, tout juste bonnes à balader des vacanciers. Cependant nombres d'entre eux ne sont pas bouddhistes, et les bêtes sentent ces choses-là, selon la propriétaire interrogée par *Cambodge Soir*. Certaines éléphantes sont contaminées par la débauche des Occidentaux et tombent malades.

Pour faire sourire Nali une dernière fois, avant que nous ne nous séparions, je lui montre l'article qui tombe à plat. Selon elle un animal aussi intelligent doit en effet sentir ces choses-là, surtout une éléphante. Nali mentionne que peu de femmes apparaissent dans les histoires que je lui raconte. Pendant la révolution du Pathet Lao, les femmes combattaient comme les hommes. Sa mère est une héroïne. En face, seuls les hommes se battaient. Je lui offre le livre d'Isabelle Massieu, avec laquelle aucun baroudeur d'aujourd'hui ne se risquerait à concourir. Et l'on imagine que ses porteurs, « mes coolies », dit-elle, ne devaient pas rigoler tous les jours. Elle est la première femme à avoir parcouru, seule, la grand-roue, Saigon puis le Cambodge, le Siam, la Birmanie, le Laos juste après l'arrivée du *La Grandière* à Muang Sing, l'Annam. Elle semble avoir été chargée de missions par certaines compagnies commerciales, petite Mata Hari du colonialisme, pas très pressée de remettre son rapport. Depuis Hanoi elle gagne Shanghai puis Pékin, s'offre un détour par le Japon, la Mongolie, la Sibérie, le Turkestan, traverse le Caucase jusqu'à la mer Noire.

Je vais suivre la piste de Pavie jusqu'au delta du fleuve Rouge. Nali souhaite que la vie m'apporte beaucoup de « boun ». En échange de cette bénédiction, je lui laisse le chauffeur et la voiture pleine de pastèques qu'elle s'en va vendre à Luang Prabang.

au fond de la cuvette

Plus de cent mille hommes prononcèrent ici le nom de Pavie. C'était celui d'une piste, laquelle franchissait un pont sur la Nam Youn, et rejoignait la route au milieu du camp retranché.

L'ancien village paisible des Thaïs de Deo Van Tri, l'ancien Muang Theng, la Vallée du Ciel, est une île suspendue, le seul endroit plat à des centaines de kilomètres de montagnes et de forêts à la ronde. La rivière où pataugeaient les buffles irriguait les rizières. C'est aujourd'hui une petite ville poussiéreuse, étalée le long de son boulevard central à quatre voies, le Far West du Vietnam. Elle attire nombre de laissés-pour-compte et de risque-tout, qui fuient les grandes villes et intègrent les gangs des trafiquants d'opium ou de produits manufacturés divers, à trente kilomètres du Laos et deux cents de la Chine par les sentiers des contrebandiers. La bourgade s'est bâtie de guingois dans les années qui ont suivi la bataille, sur les champs de mines et les charniers où se mêlent les os des vainqueurs et des vaincus. La première malédiction du village fut la piste d'aviation construite par les troupes d'occupation japonaises. L'aérodrome utilise encore l'une des deux pistes militaires. La seule destination est Hanoi. Ou bien c'est quinze heures en autocar.

Dans les rues comme partout en Asie la musique est forte et les couleurs sont vives, les ustensiles en plastique vendus sur les trottoirs, les enseignes des restaurants chinois et vietnamiens, les panneaux publicitaires des marques de bière et de cigarettes, les motos japonaises, et en surimpression, au même endroit, comme des images fantômes, une persistance rétinienne, se glissent de vieilles images en noir et blanc, les gerbes de feu des mitrailleuses, d'un coup, près de ce muret devant un jardin tranquille. Les départs à l'assaut en hurlant et les combats au corps à corps. Les tranchées nettoyées au lance-flammes, la boue, la pluie, l'hiver rude et brumeux, les nuages blancs des départs d'obus dans les forêts verticales tout autour. Assis sur ce muret, on balaie le paysage du regard, retrouve la phrase du capitaine Chevallier, reprise dans tous les journaux du monde : « Le fond du stade est à nous, les gradins des montagnes tout autour sont aux Viêts. »

Une vallée d'une vingtaine de kilomètres de long sur sept ou huit de large comme un grand corps allongé dans la rivière, une déesse aux multiples mamelons, Gabrielle ou Béatrice, Isabelle ou Claudine, tous les prénoms des collines hérissées des tourelles de canons entre lesquelles escadronnent les blindés. Les casemates reliées par des boyaux que protègent les sacs de sable. Chaque nuit les tranchées des deux camps se rapprochent, les bodoïs au casque de latanier neutralisent les clochettes suspendues aux barbelés qu'ils cisaillent. Lueur aveuglante des grenades à effet de souffle. On creuse sous Éliane-2 qui résiste la dernière, entasse les centaines de kilos d'explosifs au fond de la galerie de mine. Le film revient au Technicolor pour la grande explosion orange sur le lieu toujours en l'état, où se voit le cratère, et au sommet le char repeint en vert olive, où scintille l'étoile rouge du vainqueur.

Loin dans la montagne, près d'une cascade d'eau fraîche, le PC du général Vô Nguyên Giáp où les cartes du camp sont étalées. L'ancien professeur d'histoire, admirateur de Bonaparte, répète à ses officiers la phrase de l'Empereur, pointe l'écheveau des pistes dans la forêt : « Là où une chèvre passe un homme peut passer ; là où un homme passe un bataillon peut passer. »

La Chine fournit les mortiers, les orgues de Staline, les canons de 105 transportés sur des vélos alignés, hissés en haut des forêts à dos d'hommes, camouflés au fond des grottes. Pendant des mois soixante-dix mille porteurs et trente-cinq mille combattants. Plus de cent mille hommes en encerclent dix mille qui ne s'échapperont plus, pris dans la nasse sous le déluge de flammes. L'artillerie viêt-minh vide le ciel. Plus d'avions, plus de relève. Français volontaires, Marocains et Algériens qui n'avaient pas choisi leur affectation, Allemands de la Wehrmacht qui dix ans plus tôt combattaient l'Armée rouge, partisans vietnamiens, Thaïs descendants de Deo Van Tri. Fin avril deux mille Hmongs se mettent en route dans les montagnes du Laos, armés de machettes et de vieux fusils, les pieds nus, les amulettes autour du cou. À leur arrivée le camp est silencieux, la morne plaine labourée par les combats et jonchée de cadavres.

Les Hmongs sauvent quelques soldats échappés des colonnes de prisonniers. Parmi eux le capitaine Pham Van Phu, qui rejoint Luang Prabang, devient général de l'armée du Sud-Vietnam, reprendra Hué aux Viêtcongs, se suicidera après la chute de Saigon. Les autres rejoignent des camps dans la forêt à des centaines de kilomètres, meurent pour beaucoup de maladie ou d'épuisement. Des Hmongs sont capturés par le Viêt-minh. Les Tchèques et les Polonais sont expédiés en Union soviétique et disparaissent au goulag.

Demeurent les épaves rouillées des deux camps, américaines et chinoises. La table et la chaise du colonel de Castries promu général pendant la bataille. Sa baignoire à quatre pieds en signe du confort décadent du chef des impérialistes. L'armée française est oublieuse de Valmy, des jeunes généraux de la République menant à la victoire le peuple ivre de liberté. Des hommes qui sortent des maquis de la Résistance se retrouvent du mauvais côté de l'Histoire. La dernière bataille du colonialisme, le baroud, est devenue au fil des semaines le premier affrontement brûlant de la Guerre froide et l'avenir de tous les pays de la zone en est bouleversé. C'est à Paris que les jeunes amis khmers rouges apprennent la victoire du Viêt-minh.

Seul Saloth Sâr est déjà de retour au Cambodge.

On lui a confié une mission clandestine. Il contacte les opposants à Sihanouk, les Khmers issaraks, puis les communistes vietnamiens qui s'installent à Hanoi, rédige un rapport, l'envoie en France. La victoire est au bout du fusil. La preuve est faite.

Il lui faudra plus de vingt ans pour s'emparer de Phnom Penh.

C'est la fin du rêve délirant de l'Europe, celui des Français et des Anglais. Leurs empires s'écroulent comme des pans d'icebergs dans l'océan. Les émeutes de Sétif en Algérie, les barricades de la rue Bui Thi Xuan à Hanoi, le soulèvement à Madagascar, la victoire de Gandhi en Inde. Ce monde aura duré moins d'un siècle. La vieille solidarité colonialiste se déchire. Quand le héros de Jules Verne accomplit son périple en quatre-vingts jours, dans les années soixante-dix, il ne sort pas du monde anglophone. Kipling trente ans plus tard arpente la planète de l'Afrique du Sud à la Birmanie à l'ombre du drapeau britannique. Quand les Français demandent de l'aide à Churchill, à son tour prix Nobel de littérature, le Premier ministre leur répond : « Ne comptez pas sur moi. J'ai subi Singapour, Hong Kong, Tobrouk. Les Français subiront Diên Biên Phu. »

au bar du Métropole

Dans cinq cents ans, New York et Londres n'existeront peut-être plus, mais ici, dans ces champs, ces gens feront pousser du riz, coiffés de leurs chapeaux coniques, ils porteront leurs produits au marché sur de grands balanciers, les petits garçons chevaucheront les buffles.

Graham Greene

L'écrivain anglais a quitté l'or et le vert tendre des rizières et les vêtements colorés du Sud, pour les vêtements et l'humeur sombres du Nord. Il est assis au comptoir de bois verni devant les cuivres dorés du grand hôtel. Le barman obséquieux, nœud papillon et gilet rayé, dépose devant lui le whisky et la glace. Graham Greene vient de faire paraître *Un Américain bien tranquille*. Avant la bataille, il a quitté ce bar du Métropole et Hanoi. Il s'est rendu à Diên Biên Phu, a embarqué avec sa carte de presse à bord d'un transport de troupes, a dîné avec les officiers français fiers de leur camp fortifié imprenable. Il est revenu prendre sa place au comptoir. C'est une nostalgie européenne que ne connaissent pas encore les Nord-Américains. Le monde rétrécit à chaque guerre. L'Europe n'est plus qu'à trente heures de voyage quand il fallait trois mois à l'époque de Mouhot. Un grain de sénevé. Avant 40, c'était encore huit jours pour effectuer le voyage en avion de Saigon à Marseille, avec escales à Angkor, Bangkok, Rangoon, Calcutta, Allahabad, Jodhpur, Karachi, Djask, Bouchir, Bagdad, Damas, Beyrouth, Castelrosso, Athènes, Corfou et l'étang de Berre. Les dernières étapes en hydravions.

On sert aujourd'hui sur les tables basses, devant les fauteuils en rotin vert aux coussins moelleux du Métropole, du caviar d'Aquitaine, et le chablis au verre est à deux cent trente mille dongs, un demi-mois de salaire minimum. Une Traction-avant noire et des cyclo-pousse pour promener les clients du palace. La grande époque de la colonie devenue un attrait. La France avait construit ses hôtels aussi solides et imposants que le palais Puginier.

Là patientèrent, dans le luxe et l'ennui, ceux qui avaient fui la guerre en Europe et les restrictions. Quelques rafales de mitraillettes furent bien échangées entre vichystes et gaullistes et giraudistes. Paris est libéré depuis presque un an. Ils ont vu dans les magazines les petits drapeaux tricolores, les flonflons, les terrasses, entendu de Gaulle à la radio, les femmes pleurent un peu, songent au retour, les maris cherchent à prix d'or de faux certificats de résistance. C'est trop tard. D'un coup ces Japonais, qu'on saluait si polis au bar du Métropole, leur sabre sur la table basse et asséchant les réserves de cognac, enferment tout le monde dans les camps, massacrent les garnisons françaises de Ha Giang et de Lang Son et celle de la Citadelle. C'est six mois avant Hiroshima. Derrière les barbelés, les costumes blancs et les robes élégantes côtoient les uniformes des marins grossiers qui n'avaient pas choisi leur affectation, crient les nouvelles en breton pour tromper les espions, craignent l'Angkou et non l'Angkar.

Ici déjà je reviens sur mes pas, reprends la grand-roue Ferris, la grand-roue du Samsara. Pendant la fête du Têt, l'an dernier, j'avais longuement marché dans la ville froide et pluvieuse, presque vidée de ses habitants, du temple de Jade sur le petit lac, tout près d'ici, à la pagode de la Défense de la Patrie sur le grand lac. Du temple de la Littérature à la statue de Vladimir Ilitch qui traverse une vaste pelouse. Accroupies devant des braseros, des femmes brûlaient dans un rite propitiatoire des photocopies de dollars qui faisaient au sol une neige poudreuse. Sur le pont Long-Biên qui fut Paul-Doumer, quelques piétons et cyclistes transportaient les fruits et les légumes de l'autre rive, en bas flirtaient des amoureux, sous les arches qui la nuit sont un refuge pour les camés et les fauchés. Des sacs en plastique et des détritus coloraient les bancs de sable au milieu du fleuve Rouge. Par ce pont sont entrées les armées victorieuses et sorti les vaincus. Le Parti envisage de vider la vieille ville insalubre de toute cette racaille des petites gens. Comme à Hô Chi Minh-Ville et à Phnom Penh, les tours de verre jaillissent au milieu des masures.

Tous les jours un vieux buraliste, assis sur un minuscule tabouret en plastique rose, au coin de la rue Hang Duong, voudrait ajouter à mon lot de Marlboro-light un peu d'herbe ou d'opium. Il pose sa pipe à eau en bambou et son visage s'illumine d'un grand sourire. Les Marlboro-light elles aussi seront un jour prohibées et se vendront sous le sarong. Nous sommes en juin 2010. Par goût de la numérologie, et faisant aussi bien son affaire du calendrier romain, Hanoi a choisi de fêter ses mille ans en octobre. Sur de grands écrans, comme un peu partout dans les mois qui ont précédé l'an 2000, se lit le décompte électronique des minutes qui nous séparent du 10/10/10.

Dans les rues je croise le regard des Vietnamiens qui ont mon âge, ont connu les bombardements américains sur Haiphong et le delta du fleuve Rouge. Le regard des vieillards comme le buraliste qui ont vu l'arrivée des troupes victorieuses par le pont Paul-Doumer et le départ des Français. Ceux-là ont vu les yeux de leurs grands-parents qui ont vu la folie guerrière de Garnier.

Francis & Jean

Est-ce un traître ou un héros, un explorateur ou un brigand qui repose au croisement du boulevard Saint-Michel et de la rue d'Assas, dans le quatorzième arrondissement de Paris ? Le préfet respecté de la ville de Cholon ou le fou sanguinaire de Hanoi ? Celui dont les cendres sont rapportées à Brest en 1983 fut réhabilité après avoir été deux fois banni, couvert d'opprobre et d'infamie.

Pour lui tout commence dans la fureur et la violence, l'ivresse de la destruction. L'année où le paisible Mouhot découvre Angkor, l'ancien élève de l'École navale de Brest a vingt et un ans. Il participe en Chine à la deuxième guerre de l'Opium. C'est le sac du palais d'Été à Pékin par les troupes française et anglaise, les trésors antiques mutilés et brisés, les soieries enflammées, les porcelaines et les bronzes jetés dans les jardins retournés, les fontaines souillées, les statuettes et les joyaux entassés dans la besace des pillards. Victor Hugo prédit que devant l'Histoire « l'un des deux bandits s'appellera la France, l'autre s'appellera l'Angleterre ». Ils pourraient aussi bien s'appeler Garnier et Gordon.

Celui-ci, qui deviendra le général Charles George

Gordon, l'administrateur du Soudan, celui qui nommera Emin Pacha à la tête de la province d'Équatoria, finira décapité par les djihadistes du Mahdi, sa tête promenée au bout d'une pique dans Khartoum. À Pékin, il est encore un jeune capitaine de vingt-sept ans qui écrit dans ses courriers pour l'Angleterre : « Vous pouvez à peine imaginer la beauté et la magnificence des lieux que nous avons brûlés. » Dix ans plus tard, dans ses souvenirs, Garnier qui lui aussi finira décapité, comme si les poursuivait une vieille malédiction chinoise, notera dans son journal, au moment de la défaite de 70 : « Les Prussiens eux-mêmes n'ont pas brûlé Versailles. »

En cette année du pillage, en 1860, la Chine capitule. Elle ouvre ses ports au commerce de l'opium, perd ses droits sur l'Annam et le Tonkin. Encore faut-il s'en emparer. Dresser les cartes.

C'est l'expédition du Mékong, les deux canonnières, la 27 et la 32. Deux ans d'efforts et la petite troupe de Garnier et Lagrée entre enfin au Yunnan par le Laos, essaie de remonter le fleuve jusqu'à sa source, dans le froid, les cols enneigés. La révolte des musulmans contre le pouvoir impérial leur interdit l'accès au fleuve. Doudart de Lagrée meurt d'épuisement. Garnier prend la tête des survivants, cinq hommes et leur garde annamite transportent le cercueil de Lagrée, traversent le fleuve Rouge, envoient aux prêtres catholiques des lettres en latin quémandant leur soutien. La petite troupe parvient jusqu'au fleuve Bleu, le Yangtsé ou Yangzi Jiang, gagne Shanghai où elle embarque pour Saigon. On enterre enfin Lagrée. C'est juin 1868, en 8 apr. HM, l'année où le jeune sergent Pavie prend ses quartiers à l'Arsenal, et assiste au retour du héros.

Deux ans plus tard c'est la guerre en Europe. Le capitaine Garnier est affecté à la défense de Paris. Le Second Empire est vaincu et s'effondre, l'empereur fait prisonnier à Sedan. L'impératrice propose en rançon la Cochinchine. Garnier proteste contre la capitulation, veut poursuivre le combat. L'officier est rayé du tableau d'avancement. Il quitte l'armée, claque la porte, demande un congé, repart seul en Chine, se fait aventurier, commerçant, apprend la langue. Les deux médailles d'or de la London Geographical Society, cette année-là de 1870, sont décernées *in absentia*, l'une au docteur David Livingstone dont on est sans nouvelles, égaré quelque part en Afrique centrale où il cherche les sources du Nil, l'autre au Français Garnier découvreur du Mékong. Celui-là on saura plus tard où le trouver. L'amiral Dupré lui demande de venir le rejoindre à Saigon à titre d'expert. Depuis son palais de Hué, l'empereur Tu Duc a sollicité l'aide du gouverneur de la Cochinchine. Garnier semble être l'homme de la situation. On l'envoie à Hanoi régler son compte à Jean Dupuis, trafiquant d'armes.

Dupuis est un civil, un solide paysan de la Loire engagé comme terrassier sur le chantier du canal de Suez. Après l'inauguration, plutôt que de rentrer boire ses quatre sous, d'acheter des vaches ou une ferme, il s'en va les multiplier en Chine, vend de la camelote, emplit son bas de laine, puis fait fortune. Pendant toutes ces années il prétend avoir poussé jusqu'à la Mongolie. À son retour dans le Sud, il a vérifié l'hypothèse géographique de Garnier et descendu le fleuve Rouge, le Song Koï, jusqu'à son delta. Ça n'est pas encore assez. Il commande des armes en Europe pour en faire le commerce auprès des bandes chinoises, engage des hommes, recrute une troupe de mercenaires, nomme des officiers, se procure de l'artillerie, achète deux canonnières et un vapeur qui remontent le fleuve. Il veut le passage libre du delta jusqu'au Yunnan, fait le coup de feu contre les autorités locales. On imagine que Garnier, qu'il admire, saura le raisonner.

L'entreprise est trouble dès son principe. On confie à un officier rayé des cadres un détachement régulier d'infanterie de marine. Les deux cents hommes prennent la mer en octobre. Dès leur première rencontre, les deux hommes fraternisent comme on pouvait s'y attendre, larrons en foire, trinquent à l'arrivée des renforts, ces deux-là sont faits de la même pâte.

Garnier trahit sa mission, attaque la citadelle de Hanoi de son propre chef et s'en empare. Ses hommes et ceux de Dupuis participent à l'assaut côte à côte. Percent les remparts au canon, grimpent les échelles, emprisonnent les mandarins, brûlent les étendards. En un mois, ce curieux mélange de fusiliers marins qui n'ont pas choisi leur affectation et de mercenaires va conquérir tout le delta du fleuve, une vague déferlante et brutale, quelques dizaines d'hommes très armés contre des milliers. Ils emportent les forts, défoncent les redoutes. Les chefs chrétiens mettent à leur disposition des centaines de miliciens. C'est l'ivresse des victoires continues. Garnier s'empare d'une province de deux millions d'habitants, se croit invincible, néglige le conseil de Dupuis qui veut pactiser avec les bandes de brigands des Pavillons noirs. Leur chef Lu Vinh Phuoc se retourne contre eux. Garnier sort en courant de la forteresse pistolet au poing au milieu de sa garde, court dans la rizière, saute les talus, attaque en plein *ubris* des milliers d'hommes et vide son chargeur en hurlant, il est isolé, vite encerclé, tombe au lieu-dit du Pont-de-Papier, le 21 décembre 1873, percé de lances et décapité, le cœur arraché, émasculé. On envoie la troupe française désarmer la troupe française. Dupuis se réfugie en Chine avec ses hommes. On ordonne l'évacuation du Tonkin, abandonne aux massacres les chrétiens trop tôt ralliés. Il leur fallait attendre dix ans.

Le cuirassé de Loti s'embosse devant la rivière de Hué en 1883. Après avoir hésité pendant toutes ces années, la France s'empare de la capitale impériale et de l'Annam. On envoie plus au nord le capitaine Rivière soumettre le Tonkin. Il meurt lui aussi lors d'un assaut contre ce même Pont-de-Papier, mais cette fois la marine ne cède pas. C'est la roue du Samsara, la grand-roue Ferris où les uns sont au pinacle et les autres en enfer, puis à chaque tour échangent leurs rôles, de traîtres redeviennent des héros. On avait enterré Garnier très incomplet à la hâte dans la Citadelle, on le déterre une première fois, pour l'emporter au cimetière chrétien de Hanoi, puis deux ans plus tard pour ramener la dépouille en terre française à Saigon. Il est alors enfoui sans cérémonie auprès de Lagrée. On ne lui rend pas les honneurs. Vivant, celui-là risquait la cour martiale.

Et puis d'un coup, en 1883, Garnier retrouve tout son prestige. Après l'annexion du Tonkin on en fait un précurseur injustement méprisé. Un visionnaire. Son nom est donné à la place en haut de la rue Catinat. Puis on l'oublie. La place devient vietnamienne et la rue Catinat Dong Khoi.

Un siècle après, en 83 à nouveau, on l'exhume, et le réduit en cendres, lesquelles sont envoyées à Singapour en avion, puis rapportées à Brest par le porte-hélicoptères *Jeanne-d'Arc*. Les cendres de Garnier sont enchâssées dans le socle de la statue allégorique à l'angle du boulevard Saint-Michel et des rues d'Assas et de l'Observatoire. La République lui fait l'honneur d'une cérémonie officielle et d'un discours ministériel. Ce qui n'était qu'un cénotaphe devient une tombe. Le monument est isolé en territoire hostile. Aucun passage pour les piétons. On s'en approche avec l'intrépidité d'un explorateur comme on traverse à la nage le Mékong au péril de sa vie, pour aller lire les inscriptions et contempler les déesses fluviales plutôt bien roulées du sculpteur Puech. On pourrait graver là ce proverbe khmer que je recopie dans un roman du Cambodgien Soth Polin : *Koeut muoy cheat, theat muoy chan. Toute une vie se résume à un bol de cendres. Pulvis es et in pulverem reverteris*. Qu'on fut prince ou manant, révolutionnaire ou bien roi, traître ou bien héros. Hô Chi Minh aurait préféré qu'on le réduisît en cendres. Ce sera le cas sans doute pour Sihanouk.

Sihanouk dîne chez Hô Chi Minh

Je comprends pourquoi ça foire chez les Ricains. Ils font la guerre au Vietnam. Ils sont capables de casser du Viêt. Les petites Vietnamiennes ils les enfilent... Mais ils ne peuvent pas manger du chien. Ils ne boivent même pas l'eau du Vietnam. Ils en font venir de Manille. Comment pourraient-ils gagner la guerre ?

Soth Polin

Le vainqueur ce sera lui, mais il n'en saura rien. Il agace déjà les Russes avec sa barbichette à la Trotsky. Ses airs de mandarin. Son inflexible souplesse de bambou qui feint de plier mais ne cède jamais rien. Depuis des années, Hô Chi Minh est plus ou moins prisonnier du clan des pro-soviétiques, isolé du peuple, conservé comme une idole ou une précieuse oriflamme. Lorsqu'il meurt en septembre 1969, c'est encore la guerre au Vietnam, et partout ailleurs c'est la Guerre froide.

Les deux moitiés de la planète, cette année-là, ne vivent pas dans le même siècle. Jan Palach s'immole à Prague pour protester contre l'invasion soviétique. Des poètes récitent en public à Moscou et sont internés dans les hôpitaux psychiatriques. En juillet les Américains marchent sur la Lune. Hendrix joue *Star Spangled*

Banner à Woodstock au mois d'août et Hô Chi Minh meurt en septembre.

Que savait-il encore de l'Occident, le vieil homme enfermé dans sa cabane des montagnes ? Peut-être aurait-il aimé revoir une dernière fois Londres et Paris où il fut étudiant, découvrit le goût des cigarettes blondes. Je lis une biographie sans doute à prendre avec des pincettes, rééditée aux éditions Thé Gioi de Hanoi en 2009 pour le quarantième anniversaire, *Vie & Œuvre de Hô Chi Minh*. Les petits boulots d'émigré, jardinier au Havre, cuisinier sur les paquebots, photographe des rues. Il est né Nguyên Sinh Cung, assiste au congrès de Tours en 1920 et à la fondation du Parti communiste français sous le nom de Nguyên Aï Quoc. En 1930 il fonde, sous celui de Hô Chi Minh, le Parti communiste indochinois. Les voyages à Moscou, la prison en Chine. Le soutien des Américains pendant sa lutte contre l'occupant japonais.

Pendant les deux premières guerres d'Indochine, Hô Chi Minh et son général Giáp n'ont pas ménagé les troupes, ont lancé des vagues successives d'assaillants sur des camps retranchés jugés imprenables par les prytanées, la première vague décimée par les mines, la deuxième accrochée aux barbelés, hachée par les mitrailleuses, pour qu'une troisième puisse la piétiner et progresser au contact. Aucune guerre n'a jamais été gagnée par des résistants même héroïques. Ni par des volontaires libres et enthousiastes. Mais par des hommes contraints au combat, menacés de mort s'ils font demi-tour et refusent de monter à l'assaut. Mais un cadavre impérialiste, chaque fois c'est une housse en plastique, une plaque brisée en deux, un cercueil, un drapeau, une cérémonie, les honneurs rendus sur le tarmac, des photographies. Les pertes vietnamiennes ne sont jamais communiquées. Les États-Unis comme les Français vont perdre la guerre. C'est une question de temps. Une course entre son vieil organisme épuisé et l'opinion publique nord-américaine. Giáp a encore en réserve des dizaines de milliers de bodoïs. Hô Chi Minh meurt avant la réunification. Il souhaitait que ses cendres fussent partagées en trois parts équitables et répandues sur le Tonkin, l'Annam et la Cochinchine, rassembler le Vietnam en un phénix glorieux.

Comme Lénine on décide de l'embaumer. Les Russes sont spécialistes de cet artisanat. Sa condamnation est à perpétuité. On peut le présenter au peuple dès lors qu'il ne peut plus rien dire. Figurer devant l'incessant défilé, pire que la peine capitale. Condamné à l'indécence, le petit costard noir de paysan endimanché. Le seul du congrès de Tours dont j'aurai vu le visage, au fond du bunker de marbre sombre, dans le catafalque de cristal, sous la lumière violette, entouré des gardes immobiles en uniforme blanc. Comme un Anglais dans le coma sur son lit d'hôpital. Qui écoute devant lui les murmures du défilé continu, voudrait donner son avis, laisser éclater sa colère, est réduit au silence.

Les Vietnamiens font l'honneur à Sihanouk de le loger dans la maison du révolutionnaire. L'ancien roi est descendu de son exil chinois. Il est accompagné de la princesse Monique, s'installe dans cette annexe du palais Puginier. On prétend que depuis la mort de Hô Chi Minh, quatre ans plus tôt, tout ici est resté en l'état. Sans doute il visite le garage, lui qui présidait, du temps de sa splendeur, les prix de l'élégance automobile au casino de Kep. Ici une 404 Peugeot, une auto soviétique dont j'ignore la marque, et l'une de ces énormes caisses chinoises des années soixante, noire et blindée. Le prince hoche la tête. Pas même un accessit.

Sihanouk se promène dans le jardin. Tout est riche de symboles, tend à accréditer un certain nombre de légendes et à instruire le peuple. Et tout d'abord que celui qui, après la victoire de Diên Biên Phu et le départ des Français, aurait pu occuper les appartements du Gouverneur général, au cœur du palais Puginier, ouvrir le bar et poser les pieds sur le bureau, s'est contenté d'une petite bâtisse au fond du parc. Ensuite que le héros pendant la Deuxième guerre serait demeuré vaillamment, et sans crainte des valets de l'impérialisme, au plein cœur de Hanoi, et non dans un refuge secret au plus profond des montagnes. Sihanouk marche dans le parc, longe le bassin des carpes, devant la petite cahute de bois à l'écart qui fut le bureau du révolutionnaire, la bibliothèque, le nécessaire d'écriture, les allées ombragées par les bambous-bouddha, le verger et l'alignement des fruitiers. Sans doute il va s'incliner devant la dépouille dans le bunker à quelques centaines de mètres. Il s'interroge sur sa propre vie, se demande où et comment tout cela dans son cas pourrait bien finir.

Il retrouve à Hanoi Ieng Sary. Les deux hommes ne s'aiment pas. Sihanouk a accepté l'invitation de la guérilla du Kampuchéa. Il entame une « tournée d'inspection dans les zones libérées ». Ce sont les Vietnamiens qui se chargent de la logistique. On est au plein cœur de la guerre. Deux ans avant les victoires respectives des Khmers rouges à Phnom Penh et du Viêt-minh à Saigon. Sihanouk et Monique enfilent le pyjama noir, nouent le krama à petits carreaux. C'est un grand équipage de voitures tout-terrain et de camions russes qui s'en va prendre la piste Hô-Chi-Minh. Une escorte de cent combattants, des mécanos, des opérateurs radio, des cuisiniers, des médecins et une équipe de télévision chinoise. On fait halte dans des bungalows sous la forêt. Le convoi est accueilli à la frontière du Laos par Son Sen et Khieu Samphân.

On se remet en marche, progresse souvent de nuit. L'opération n'est pas sans risques. Les B-52 continuent de pilonner. On atteint Preah Vihéar, Siem Reap, les temples d'Angkor, devant lesquels Sihanouk pose au milieu des chauves-souris. Lorsque les clichés paraîtront dans la presse, les Américains dénonceront un montage, des photos prises en studio à Pékin devant une reconstitution des temples. Ces centaines de milliers de tonnes de bombes et tous ces GI morts et les Khmers rouges organisent des excursions, un pique-nique pour l'ancien roi sur la terrasse du Roi lépreux. Sur certaines images apparaît à l'arrière-plan Saloth Sâr. Celui-là demeure dans l'ombre, met en avant le plus respectable Khieu Samphân qui fut ministre de Sihanouk. Personne en dehors du PCK ne sait encore qu'il est le Frère n° 1. On l'apprendra plus tard, quelques mois après le glorieux 17 avril.

C'était beaucoup de patience pour si peu. Après plus de vingt ans de lutte clandestine, trois ans, huit mois et vingt jours de pouvoir.

la chute des Khmers rouges

Certains Hmongs capturés en 1954 autour de Diên Biên Phu profitent de la confusion pour s'enfuir en 79 de leurs camps ou de leurs réserves, traversent les montagnes en direction du Laos, apprennent la fin des deux guerres, et qu'ils ont perdu dans les deux cas, que leur chef Vang Pao est en Amérique.

Ceux-là sont égarés dans l'Histoire, progressent au ras du sol et dans la jungle. Pour y comprendre quelque chose, il faudrait une vision satellitaire. L'armée chinoise sort de ses frontières et les Vietnamiens du Nord reculent. Hô Chi Minh est mort depuis dix ans. Depuis quatre ans, les Russes ne cessent de s'installer sur le territoire du Vietnam unifié. La Chine qui fut ici la puissance coloniale avant les Français se retrouve encerclée, sa flotte prise en étau entre le port de Vladivostok et celui de l'ancienne base américaine de Cam Ranh dont l'armée soviétique fait au sud sa tête de pont, où elle débarque son matériel militaire et ses troupes dont une partie gagne le Laos. Le Vietnam vient d'envahir le Cambodge.

Les anciens alliés révolutionnaires se déchirent. Les Khmers rouges attaquent le delta du Mékong pour reconstituer le mythique empire angkorien, massacrent les habitants des villages, assiègent Tây Ninh, Chau Dôc, Ha Tiên. Un millier de conseillers chinois assistent Pol Pot. Les Vietnamiens ont proposé à l'ONU la création d'une zone démilitarisée. Sur les cinq membres permanents du Conseil de sécurité, la Chine, les États-Unis, la France, l'Angleterre et l'Union soviétique, seule cette dernière soutient l'initiative. Les attaques se poursuivent. L'armée vietnamienne, qui est en paix depuis moins de quatre ans, pénètre au Cambodge le 25 décembre 1978, bouscule les enfants-soldats, progresse comme l'éclair, le 7 janvier entre dans Phnom Penh.

Pol Pot et ses troupes sont repoussés vers la frontière thaïlandaise. Douch fait abattre les derniers prisonniers de S-21 et prend la fuite. Les Vietnamiens photographient les cadavres, découvrent les charniers, organisent le procès des Khmers rouges pour crimes de guerre. Le Conseil de sécurité exige le retrait des troupes étrangères. L'Assemblée générale confirme que le régime de Pol Pot est le représentant officiel du Cambodge à New York. La Commission des droits de l'Homme assimile l'intervention vietnamienne à une violation du droit des peuples à disposer d'eux-mêmes.

C'est que les Vietnamiens amènent avec eux les Russes aux portes de la Thaïlande, de la Birmanie, de l'Inde. Les Soviétiques bâtissent à Phnom Penh une nouvelle ambassade, qui est un village de deux mille personnes.

C'est la Troisième guerre, après la française et l'américaine la chinoise. Une guerre par procuration. Aucun soldat chinois ni russe ne monte au front. La férocité est celle des temps angkoriens. Les vieilles méthodes des supplices, les prisonniers assis ligotés au-dessus d'une pousse de bambou qui s'allonge de quatre centimètres par jour, leur perfore l'anus et traverse lentement l'abdomen jusqu'aux poumons. On massacre les civils mais préfère blesser les combattants. Mutiler plutôt que tuer. Submerger les capacités médicales et démoraliser. Chaque amputé éloigne plusieurs ennemis du champ de bataille. Au fond des pièges, on n'enduit plus les chamrongs de poison. « Pour porter un homme blessé il en faut quatre autres, et pendant ce temps il crie, crie, crie, cela fait réfléchir les autres. »

Autour d'eux c'est le grand jeu de la Guerre froide. Les puissances sont au four et au moulin. En cette année 79, les révolutionnaires sandinistes prennent le pouvoir au Nicaragua et la CIA organise les *Contras* au Honduras. Les Soviétiques envahissent l'Afghanistan, soutiennent les Cubains et le MPLA en Angola. Les Américains retournent contre l'URSS la théorie guévariste des Cent Vietnam, soutiennent ici les Khmers rouges comme en Afghanistan les Talibans. Ces deux guerres vont durer dix ans, jusqu'à l'épuisement du Bloc, qui s'écroule de fatigue. Les Vietnamiens doivent quitter Phnom Penh après avoir placé au pouvoir Hun Sen, un ancien petit cadre khmer rouge, qui avait fait défection et s'était réfugié au Vietnam.

Douch quant à lui n'a jamais fait défection. Après la débâcle, on l'envoie en mission en Chine en compagnie de la ministre de l'Information, Yun Yat, la femme de Son Sen. Douch change encore de nom, détient un passeport chinois. C'est l'heure des règlements de comptes et des trahisons. Pol Pot fait assassiner Son Sen et Yun Yat et leurs enfants. La femme de Douch meurt lors d'une agression à laquelle il survit et disparaît à nouveau, il s'appelle maintenant Hang Pin, rejoint un groupe de prédicateurs. Lorsqu'il est reconnu par le journaliste et photographe Nic Dunlop, il ne s'enfuit pas. Pour lui, la prison de Phnom Penh offre un havre de sécurité qu'il ne trouverait nulle part ailleurs.

Si à Hanoi les astrologues ont choisi, par goût des nombres ronds, le 10/10/10 pour les fêtes du millénaire, c'est par le chiffre 9 qu'est rythmée l'histoire récente du Cambodge. De l'entrée des Vietnamiens dans Phnom Penh en 79 à leur départ en 89, de la reddition des derniers Khmers rouges en 99 à l'ouverture du procès de Douch en 2009.

verdict

CAMBODGE : DOUCH, TORTIONNAIRE DES KHMERS ROUGES, CONDAMNÉ À 30 ANS DE PRISON

Tel est le titre de la dépêche de l'AFP du lundi 26 juillet 2010 à 15 h 42. On peut y lire une certaine ambiguïté.

Même si, dès la victoire de la révolution, les victimes de S-21 avaient été des Cambodgiens du Peuple nouveau, le centre avait par la suite servi aux purges du Parti. Nombre de torturés étaient alors des Khmers rouges en disgrâce qui avaient participé à la lutte clandestine et à l'exercice du pouvoir. La très grande précision et la qualité de leurs aveux extorqués, que Douch n'a pas eu le temps de détruire devant l'avancée des Vietnamiens, constituent la meilleure documentation pour les historiens de la période comme pour les magistrats du second procès. Douch fut le tortionnaire de plusieurs milliers de Khmers rouges.

Le verdict est diffusé en direct à la télévision. Douch porte sa chemise bleue Ralph Lauren. Il semble paisible derrière le mur de verre blindé. Le procureur avait requis quarante années d'emprisonnement, et l'accusé demandé son acquittement. Douch est reconnu coupable de crimes de guerre et de crimes contre l'humanité à l'encontre des 12 273 victimes connues de S-21. Les preuves sont déclarées insuffisantes pour établir qu'il a personnellement torturé. La sentence est de trente-cinq ans, réduite des cinq années d'une incarcération jugée illégale avant la mise en place de la procédure internationale. Sont par ailleurs comptabilisées les onze années de détention préventive. Il lui en reste dix-neuf à accomplir. Douch pourrait avoir purgé sa peine et sortir de prison à quatre-vingt-six ans.

Chea Leang, la procureure cambodgienne, conclut le procès n° 1 : « Le verdict marque la reconnaissance juridique crédible de la nature criminelle de la politique des Khmers rouges. C'est une date historique pour toute la nation cambodgienne. »

Douch fait appel. Le parquet aussi.

Les réactions des parties civiles, pour la première fois représentées devant un tribunal international, ne sont pas unanimes. Le peintre survivant Vann Nath déclare sobrement : « C'est ce que je voulais et attendais. » D'autres rappellent que le bourreau, qui a feint le repentir, dort chaque nuit sur un matelas, est bien nourri, soigné et habillé, calculent que sa condamnation revient à moins d'une journée de détention par meurtre commis.

Douch regagne sa cellule. Il sera convoqué comme témoin au deuxième procès, celui des Parisiens. Un petit mi-temps de retraité, un second rôle. Maintenant il est seul. Après le bref sursis de l'appel, cesseront les discussions avec les avocats, les dossiers à annoter, les stratégies à élaborer. Son nom disparaîtra des journaux. On l'oubliera. La peine devient effective.

Aujourd'hui, 26 juillet 2010, le très vieux Fidel Castro fête à La Havane le cinquante-troisième anniversaire de son attaque de la Moncada. Aujourd'hui, 26 juillet 2010, le ministre français de la Défense est à Hanoi. Il vient de prononcer aux Invalides l'éloge funèbre du général Bigeard, mort le 18 juin, lequel, dans ses dernières volontés, a demandé que ses cendres soient dispersées au-dessus de Diên Biên Phu :

« Ça aurait de la gueule et ça emmerderait les deux pays. »

vers le delta du fleuve Rouge

La route parfois surélevée en haut d'une digue coupe en ligne droite la géométrie des potagers, le vitrail des rizières, gagne Dong Trieu. À mesure que la mer se rapproche, les villages se hérissent de clochers et la brume recouvre le paysage. Des pêcheries de bois sur pilotis, des carrelets. Des stations côtières un peu déglinguées subissent les assauts du libéralisme immobilier, là où le communisme et la pauvreté les avaient préservées. Je regarde VNT en anglais, seul au restaurant du Blue Sky, dans la grisaille absolue, avec paraît-il une vue sur la baie depuis le septième étage.

On mange ici pour une poignée de dongs, selon une carte assez complète que le patron, après vous l'avoir laissé longuement compulser, vient ramener aux deux plats disponibles. C'est un homme cordial qui me demande avec une manifeste fierté ce que je pense de son hôtel, imaginant que de mon avis dépend un afflux continu de voyageurs, aptitude dont je fais planer le doute, carnets ouverts sur la table, mentionnant qu'il m'arrive de temps à autre d'écrire sur les lieux où je passe, mais que pour me faire vraiment une idée, encore me faudrait-il goûter tous ces curieux alcools au-dessus du comptoir, au fond desquels patientent des serpents assoupis.

Après avoir attendu en vain que la brume se dissipe, j'embarque un matin à bord d'une jonque ventrue, avec du linge trempé sur la dunette, deux voiles ferlées sur les bômes. J'ai déposé mes bagages dans la cabine. Nous nous éloignons entre les bouées de navigation comme un vaisseau fantôme. La houle est douce. Le bruit de l'eau sur l'étrave et celui, régulier, du moteur à gas-oil comme un matou qui ronronne. En mer, l'avenir paraît toujours un peu plus prometteur.

Sur le pont couvert, un fauteuil en rotin, du thé, un cendrier. Naviguer dans le brouillard donne toujours un peu l'impression de traverser la steppe dans un train de nuit. Apparaît peu à peu un paysage en noir et blanc, un camaïeu de gris, le trait indistinct de l'horizon. Nous descendons vers le sud en longeant la côte. Plus loin des vraquiers sur lège, mâts de charges dressés, à quai près d'un pont haubané. Des îlots verticaux dont la base est peu à peu cisaillée par l'érosion, au-dessus desquels planent en cercles de grands rapaces noirs. Des villages flottants de pêcheurs et leurs cormorans dressés. Une mer étale, lisse comme une laque. Des falaises tout hérissées de végétations très vertes et luisantes sur la roche noire, des bosquets de palmiers nains dont les racines courent à nu sur la paroi et pénètrent chaque anfractuosité, qu'elles agrandissent d'un millimètre peut-être tous les dix ans, comme les racines des fromagers descellent peu à peu les pierres des temples d'Angkor, une civilisation engloutie par une antique montée des eaux.

À l'escale pour deux heures, dans un bistrot en bois près des pontons, la seule cliente est une fille d'âge indéterminé vêtue d'une blouse jaune, assise sur un banc. Elle m'explique par gestes qu'elle est fatiguée, travaille comme cuisinière à bord d'une jonque. *Cook*. Nous commandons un petit *câ phê* noir.

Elle vient d'un village de paysans du delta, me montre ses ongles marron, ses doigts déformés par le repiquage du riz. *They not know nothing*. Peut-être pense-t-elle de son côté découvrir le vaste monde du fond de sa cambuse. Elle me demande d'où je viens, et ce que je fais là, sourit tristement à la réponse :

– *Paris Phap ?*

Je lui confirme que Paris est en France. Je ne cherche pas ce que ces mots peuvent évoquer pour la cuisinière fatiguée. Si elle sait quelque chose des folies de Garnier et de la colonisation. Qu'écririons-nous, elle et moi, si l'Angkar exigeait notre autobiographie ? Nous allons appareiller, fumons une dernière cigarette. Elle rejoint une autre jonque. La probabilité de reprendre un jour un café ensemble est absolument nulle. Pendant les mois qui suivent, je penserai souvent à cette grande fille triste en blouse jaune, à l'humanité, la fraternité de son sourire désespéré, son effort dérisoire et admirable pour ne pas demeurer là où le destin l'avait plantée, pliée en deux, les pieds et les mains dans l'eau. Choisir elle-même son affectation. Vivre sa vie.

immobile

Ce jugement me surprit, mais il n'y avait pas assez de temps pour parler de Shakespeare. Un gros revolver et deux petites boîtes de cartouches étaient posés sur la table du carré.

Conrad

Allongé sur un lit, j'imagine les rues, dont me parviennent les rumeurs et les odeurs par la fenêtre ouverte. Les bruits des moteurs, les musiques, les voix des inconnus. Haiphong est un grand port où la mer est invisible. Une ville détruite par les Chinois pour en chasser les Japonais, bombardée par les Français, rayée de la carte par les Américains. Il est peu conseillé, en règle générale, d'habiter les ports pendant les conflits. J'envisage d'aller voir les cargos en construction aux chantiers de Vinashin, demeure immobile, une main sur le journal, les yeux fermés, pense à cet Anglais. L'enfer est de revoir chaque heure de sa vie, ce qu'on n'a pas fait, aurait dû faire. « Il n'est pas un de nous qui ne soit coupable d'un crime, celui, énorme, de ne pas vivre pleinement la vie. » De ce délit, cet Anglais est le seul innocent parmi nous.

Cet enfer est une invention qu'il est possible de perfectionner. Déconnecter la survie du cerveau de celle du corps. Atteindre à l'immortalité. Autre chose qu'un mausolée. La cervelle blanchâtre du chef flotte dans un aquarium. Elle est hérissée des tuyaux qui l'alimentent en sang frais depuis le corps d'un prisonnier ligoté, reliée aux conduits auditifs et à l'écran du scanner. On vient recueillir les oracles. Le vieux chef résout les énigmes du présent par oui ou par non en rejouant un ancien match de tennis ou en parcourant les pièces d'une maison depuis longtemps en ruine.

Ou bien on atteint à la sagesse dans une chambre pascalienne, retiré du monde, loin de la vaine agitation des hommes, des guerres, de la lecture des journaux, demeure en repos, séparé enfin de l'Histoire. Cadavre d'opiomane desséché oublié sous sa moustiquaire. Et s'il se levait de son lit, Lazare, peut-être choisirait-il le fouillis chaud et le vacarme d'une ville d'Asie et d'une soupe de nouilles sur un trottoir. Le froid pur de Vancouver et un whisky-glace. Sans doute est-il possible d'identifier un nombre suffisant d'activités neuronales détectables au scanner pour constituer un alphabet. Alors il dicte son poème de huit ans. Même en morse. Il a le temps. Point trait point.

Nous sommes le 21 février 2011. Chacun d'entre nous possède sa propre éphéméride comme la strie annuelle de l'aubier. La chambre d'une pension bas de gamme n'est jamais très différente de la chambre d'une clinique des pauvres. Allongé devant une autre fenêtre ouverte, immobile, je peux choisir dans quelle ville est cette chambre anonyme en gravitation autour de la planète, laisser défiler autour d'elle les villes que je connais. Ces souvenirs de solitude des fins d'après-midi dans les hôtels. On tourne en rond, spirale concentrique vers le soleil du bar, l'écrasement au comptoir où *the lamps shone over fair women and brave men.* Il y a trente ans, le 21 février était un jeudi. J'étais à Mascate. Où viennent de se tenir, hier, dans la traînée de poudre des révolutions arabes, les premières manifestations populaires qu'ait jamais connues le sultanat.

L'an passé, dans un train thaïlandais, j'avais entendu derrière moi le bel arabe des Ibadites. Le couple de jeunes journalistes omanais venait couvrir une rencontre de l'Asean, annulée par la révolution des Chemises rouges. Emporté par mon élan, parce que j'aimais immensément cette ville où je suis resté deux ans, que je ne l'ai pas revue depuis trente ans, j'étais sur le point de leur demander des nouvelles de tel ou tel ami commerçant pakistanais ou restaurateur indien, quand je me suis aperçu qu'ils n'étaient pas nés peut-être, ou qu'ils étaient alors de très jeunes enfants dont j'ai croisé le regard dans la rue ou dans les venelles du souk.

Une vie de durée moyenne est un bon instrument de mesure de l'Histoire. Je laisse filer les années, retrouve d'autres vieux 21 février, en France, au Nigeria, au Mexique, à Cuba, des plus récents, celui de 2006 en Angola, celui de 2003 à Istanbul où j'étais allé lire le journal de Loti dans une chambre du Pera. Je me souviens que ce jour-là Istanbul était sous la neige. Dans la rue en bas, des blindés interdisaient l'accès au consulat des États-Unis. On était au bord de l'invasion de l'Irak.

Il y a quatorze ans, le 21 février était un vendredi. Celui-là, j'en connais suffisamment le détail pour l'avoir consigné. J'étais arrivé avant l'aube à Managua Nicaragua. Je marchais sur les traces de William Walker. J'avais quitté ma chambre de l'hôtel Morgut pour descendre acheter un exemplaire d'*El Nuevo Diario* du vendredi 21 février 1997, dont j'ai lu chaque article, de la politique internationale jusqu'aux petites annonces. Je possède encore cet exemplaire. Quatorze ans pour relier ces deux rives du Pacifique en progressant toujours vers l'est. Aujourd'hui, 21 février 2011, dans un vieux *Courrier du Vietnam* qui traîne sur le drap, je n'ai lu que les notices animalières. Rien sur l'éléphant.

Le tigre du Grand-Mékong, le Dông Duong *(Panthera tigris)*, est menacé par la médecine chinoise qui lance à ses trousses des commandos de braconniers. Le fauve jouit pourtant d'un espace forestier ininterrompu sur les territoires du Vietnam, du Laos et du Cambodge, équivalant à la superficie de la France. On espère que quelques-uns sauront se cacher jusqu'à la prochaine année du Tigre en 2022. Ce sera un lundi, le 21 février 2022. Je ne sais pas de quelle chambre d'hôtel je descendrai dans la rue pour acheter un journal.

Selon cet exemplaire du *Courrier du Vietnam*, au milieu de la rivière Cu Dê à Danang, où faisait feu de toutes ses bouches le cuirassé de Loti, une dune d'alluvions a été plantée de filaos et de cajeputiers, et depuis cigognes, bihoreaux et canards y nidifient. Je vais descendre vers Danang, ou peut-être Nha Trang sur les traces du bon docteur Yersin. Par la route Mandarine ou en train, au milieu des flamboyants et des tamariniers. Puis descendre jusqu'à Hô Chi Minh-Ville et de là regagner Bangkok, remonter au nord vers Chiang Mai, puis Hanoi, puis Haiphong, courir à nouveau sur la grand-roue dont le moyeu est Phnom Penh, comme l'écureuil de Cendrars dans la cage des latitudes et des longitudes, chercher une issue. Courir sur la grand-roue de plus en plus vite, jusqu'à me faire éjecter de la zone par la force centrifuge, lancer par-dessus le Pacifique, vers le Brésil ou le Mexique.

les vieux ennemis

Du sang rouge vif couvre les villes et les plaines
Du Kampuchéa notre patrie
Sang sublime des ouvriers et des paysans...

Hymne national

Et ceux-là, on aimerait savoir ce qu'ils retrouvent au fond de leur vieille mémoire trouée, pendant les longues journées de solitude, allongés, immobiles. Ils ont largement dépassé l'espérance de vie de leurs concitoyens. Ils sont maintenus en vie par cette médecine qu'ils voulaient voir disparaître. Un quartier spécial de l'hôpital Calmette, près de l'hôtel Royal, leur est réservé. Après les attentats, les meurtres, on n'est plus que quatre, la petite bande. Ieng Sary, Ieng Thirith, Nuon Chea, Khieu Samphân. Depuis des années enfermés.

Depuis des mois on connaît le verdict du procès n° 1. Le n° 2 va s'ouvrir. Ils se préparent aux allers-retours vers le tribunal. Ils savent que la ville de Phnom Penh autour d'eux a changé pendant toutes ces années, qu'elle devient une ville chinoise ou coréenne. Les premiers taxis automobiles font leur apparition. Les tours de verre en construction écrasent la perspective des pagodes. Ils ont appris le mois dernier, à la lecture du *Phnom Penh Post*, la mort de Vang Pao en Californie, à plus de quatre-vingts ans. Ils appartenaient à la même génération égarée dans l'Histoire. Les Hmongs des États-Unis demandent que la dépouille de l'éternel perdant de la cause américaine soit accueillie au cimetière d'Arlington, le panthéon des héros de Washington. Eux qui furent des vainqueurs savent bien qu'aucun monument ne leur sera jamais érigé.

Au travers des barreaux, ils voient descendre ces petites averses de la saison sèche qu'on appelle ici la Pluie des mangues. On est loin de Paris, loin de la rue Saint-André-des-Arts. On est en prison. Sans doute on se souvient d'avoir été ces jeunes amis qui rêvaient d'un futur radieux. On se revoit pendant des vacances en Bretagne, l'été à Pornic, sur les traces de Lénine. Des petits bateaux de pêche sur le port en bas du casino. Une vieille photographie en noir et blanc des années cinquante. Sur les rochers, après la baignade, les deux sœurs en maillot, elles rient, on flirte un peu, Khieu Ponnary deviendra la femme de Pol Pot et Khieu Thirit celle de Ieng Sary. Ces deux-là se marient à la mairie du quatorzième arrondissement de Paris.

On est devenu de vieux ennemis.

Ieng Sary, Frère n° 3, a déjà été condamné à mort, mais c'était par les Vietnamiens et par contumace. Il était en sécurité dans son fief de Pailin à la frontière thaïlandaise, au Far West. Autour du couple Ieng, une armée de quatre mille hommes. Ils géraient les trafics du bois et des pierres précieuses. Les mines sont vite épuisées, la forêt abattue. Le couple quitte les collines pelées, négocie en 1996 avec Hun Sen le ralliement des bastions de Pailin et du Phnom Malaï. La reconversion est douce. Les journaux montrent Hun Sen et Ieng Sary, tous les deux souriants, assistés de leur état-major. Hun Sen déclare : « Ceux qui, un jour, ont mené la guerre sont sur le point de réintégrer la société. C'est pour cela que nous devons les accueillir non pas avec des balles, des prisons ou des menottes, mais avec un bouquet de fleurs, dans l'esprit de la réconciliation nationale. » Le couple s'installe avec son magot à Phnom Penh. Un ancien garde du corps de Pol Pot, Y Chhieng, devient le gouverneur légal de la province.

Deux ans plus tard, Khieu Samphân, ancien chef d'État du Kampuchéa démocratique, et Nuon Chea, Frère n° 2, l'idéologue aux lunettes noires, retrouvent la capitale. Chacun est entouré de ses propres hommes et de sa famille, des colis, des bagages. Ils sont reçus non comme des bourreaux mais comme des hôtes de marque, accueillis par des ministres à leur descente d'hélicoptère, montent dans un minibus, précédé sur la route par le puissant véhicule du millionnaire Ieng Sary. Ils voient défiler la ville qu'ils avaient vidée, entre l'aéroport et le meilleur hôtel où dix suites leur sont réservées. Nuon Chea n'est jamais revenu dans la capitale depuis leur défaite vingt ans plus tôt, Khieu Samphân avait fait une apparition en 91 en compagnie de Son Sen, après les accords de Paris, avait échappé de peu au lynchage.

Tous descendent aux frais de la princesse et du peuple cambodgien, en grand équipage, au Royal, donnent une conférence de presse au Writers' Bar, expriment du bout des lèvres quelques regrets devant les correspondants internationaux, *sorry*, gagnent leurs appartements, retrouvent le confort du palace colonial. Ils savent que c'est ici que Malraux, assigné à résidence, avait attendu près d'un an, serein, assis au comptoir, le verdict de son procès.

C'est la chute du dernier carré d'Anlong Ven et de Ta Mok, le Boucher unijambiste, l'homme des basses œuvres, le seul qui jamais n'a rendu les armes, le bourreau du bourreau Pol Pot. Les troupes khmères rouges sont intégrées à l'armée nationale ainsi que leurs chefs. Le tyran d'Oudong, Ke Pauk, est promu général. La pression internationale s'accentue mais ils n'y croient pas encore. Hun Sen les protège, brandit la menace des troubles et met en garde les procureurs : « Si vous poursuivez sans penser à la paix et à la réconciliation nationale, et déclenchez la guerre civile, et que deux cent ou trois cent mille personnes sont tuées, qui en sera responsable ? Je ne laisserai personne, Cambodgiens ou étrangers, ruiner cette paix. »

Les survivants de la petite bande se rassemblent une dernière fois en juillet 2003. Ils font le voyage à Pailin pour la crémation de l'une d'entre eux, Khieu Ponnary, la première épouse de Pol Pot. Cette femme, qui fut aussi la première bachelière cambodgienne, avait sombré dans la folie peu après la victoire de 75. Elle a passé une partie de sa vie dans les hôpitaux chinois. Et peut-être la folie de la femme du monstre a-t-elle perturbé la pensée du monstre. La médecine révolutionnaire de l'Angkar, avec ses bouts de racines, ne pouvait concevoir la folie que comme une trahison de la révolution. On l'avait mise à l'écart, discrètement protégée. Les vieux Khmers rouges se laissent filmer pendant la cérémonie. Ils se pensent inatteignables, accordent des entretiens. « J'ai été amnistié par le roi, c'est une affaire classée », déclare Ieng Sary, qui reconnaît que « l'utopie a mené à la barbarie ». Frère n° 3 prétend n'avoir jamais su les excès, les meurtres, les tortures.

Pourtant on l'arrête. On emprisonne sa femme Khieu Tirith qui fut ministre des Affaires sociales, inculpée pour les purges à l'est du pays. On arrête Nuon Chea, Frère n° 2, lequel aurait pu profiter de ses vingt ans d'exil en Thaïlande pour disparaître. On arrête Khieu Samphân, qui publie aussitôt *L'Histoire récente du Cambodge et mes prises de position*, livre écrit en français qu'il fait traduire en khmer : sa plaidoirie est prête. Celui-là avait déclaré dans un entretien accordé au journal *Le Monde*, il y a des années : « Le Premier ministre Pol Pot et moi-même, je vous l'assure, sommes profondément imbus de l'esprit français, du siècle des Lumières, de Rousseau, Montesquieu… »

Les vieux révolutionnaires sont étonnés d'un tel acharnement, pensent peut-être encore que leur projet pouvait aboutir. On ne leur en n'a pas laissé le temps. Ils ont appliqué les méthodes de la Révolution française, laquelle est louée partout pour avoir énoncé les Droits de l'homme. C'est la Terreur de 93 qui abolit une première fois l'esclavage.

Ils ont appliqué les préceptes du *Contrat social* de Rousseau qu'on enseigne dans chaque lycée français et qu'ils ont étudié au lycée Sisowath. Celui de la Volonté générale, équivalent de la volonté de chacun si chacun était libre et rationnel, émancipé de l'obscurantisme. Volonté générale que dans un premier temps une élite éclairée doit assumer. Ils peuvent encore citer les phrases de Rousseau. « Nous les contraindrons d'être libres. » Quand tous seront devenus libres de force, alors pourra s'installer la démocratie. « S'il existait un peuple de dieux, il se gouvernerait démocratiquement. Un tel gouvernement n'est pas fait pour les hommes. » Les révolutionnaires de la Convention ont déposé Rousseau au Panthéon. « Je mets la machine en état d'aller ; d'autres, plus sages, en régleront les mouvements. » Quelque chose n'a pas fonctionné, ou bien les plans de la machine étaient erronés.

Comme Soth Polin dans son roman, les vieux ennemis conçoivent peut-être que leur tragédie, et celle du Peuple nouveau, qui était le leur, fut d'avoir été déchirés entre deux civilisations. Le narrateur de *L'Anarchiste* est un jeune paysan cambodgien devenu professeur d'histoire à Phnom Penh, comme le furent Pol Pot et Ieng Sary. Il appartient alors à ces élites du tiers-monde, qui veulent arracher le savoir à l'occupant pour le retourner contre lui. « Et maintenant que j'étais devenu professeur, à quoi cela rimait-il de débiter sans grande conviction aux autres fils de paysans à la recherche d'un emploi problématique la même litanie, l'histoire des Hittites et des Kassites et des guerres babyloniennes ? Quel décalage ! Quelle dissonance ! Quelle incongruité ! »

La première partie de ce livre est une nouvelle écrite en khmer à Phnom Penh en 1967 avant la chute de Sihanouk, au milieu de la pourriture et de la débauche de la capitale. Où seuls les mensonges et les prévarications sont applaudis. « À quoi cela m'avait-il servi vraiment d'apprendre les conquêtes d'Alexandre le Grand, que César avait franchi le Rubicon, de connaître vaguement quelque chose de l'Immaculée Conception, dans une immense étendue couverte de palmiers ? » Pour demeurer intègre, il faudrait être un héros, gagner le maquis. Le professeur devient un journaliste vénal, c'est l'argent, le tourbillon de la vie nocturne, les filles juteuses comme des mangues. La deuxième partie est écrite en français en 1976 après la révolution. Le narrateur est devenu chauffeur de taxi à Paris. Il sombre dans l'alcool et la folie, monologue devant une jeune Anglaise dans le coma en train de mourir sur le bitume, sous la neige, près de la 404 Peugeot renversée sur les quais de la Seine, finit par se couper la bite au couteau.

Au collège, Soth Polin avait eu comme professeur de littérature le futur Pol Pot, retour de Paris. « Je me souviens de son élocution : son français était doux et musical. Il était manifestement attiré par la littérature française, en particulier par la poésie : Rimbaud, Verlaine, Vigny… Il parlait sans notes, hésitant parfois un peu mais jamais pris de court, les yeux mi-clos, emporté par son propre lyrisme… Les élèves étaient subjugués par ce professeur affable, invariablement vêtu d'un pantalon bleu foncé et d'une chemisette blanche. »

Nous avons évoqué plusieurs fois ce roman avec le commissaire Maigret, lors de nos soirées près du Marché russe. La meilleure image, selon lui, de cette calamité qui est la sienne aussi d'appartenir à deux cultures, de n'être jamais nulle part. Pol Pot avait étudié le bouddhisme à la pagode et le catéchisme à l'école Miche. Selon le commissaire, la capitale redevient ce qu'elle était avant le grand ménage des Khmers rouges, un paradis vénéneux, mélange de sexe et d'argent sale, de corruption des mœurs qui précède la chute, la grand-roue, le Samsara. Il faudrait être un saint pour résister au charme moite et poisseux de la ville. Il levait ses épaules rondes, versait un peu de soda dans son whisky. La remarque valait pour lui et la police en général. Elle valait aussi pour des hommes de loi étrangers débarqués à Phnom Penh en chevaliers blancs.

Au fil des années, ils ont quitté leurs suites luxueuses du Cambodiana avec vue sur le Mékong pour des villas princières, disait le commissaire. Ils gagnent chaque mois de quoi vivre ici pendant plus d'un an. Voitures de luxe, domestiques et parties fines, immunité devant la loi locale qu'il est supposé faire respecter. Ceux-là ne sont pas impatients de voir s'achever les travaux du tribunal et disparaître leurs prébendes. Retrouver leur vie en Europe ou au Canada. Ils instruisent en secret les procès n° 3 et n° 4. Il est peu probable qu'on les laisse faire. Ces ardoises faramineuses sont en grande partie réglées par la France et le Japon. Ce dernier, qui voyait là surtout une occasion de mettre la Chine en accusation, estime que c'est chose faite. Maintenant ça suffit, disait le commissaire.

Hun Sen a fait le voyage de Paris au début du premier procès, il y a deux ans. Depuis la tribune présidentielle, il a assisté au défilé du 14 Juillet sur les Champs-Élysées. Sa suite a entamé des négociations avec Total. On a découvert du pétrole au large de Sihanoukville. Pourquoi un pays ruiné perdrait-il de l'argent au lieu d'en gagner. Il entend obtenir la garantie qu'il n'y aura pas d'autres inculpés. La délimitation des zones de forage offshore donne lieu à de nouveaux conflits frontaliers avec la Thaïlande. Occasion inespérée d'emporter une troisième victoire sur la flotte du Siam, après celle de Pavie en 1893 et celle de Vichy en 1941.

la disparition du commissaire

Les envoyés spéciaux ont quitté le Cambodge pendant ces temps d'accalmie entre les deux procès. Certains m'adressent leurs papiers depuis des hôtels en Tunisie, en Égypte, au Yémen, en Libye. Dans ces pays où les révolutions de ce début 2011 bousculent les vieux sphinx. Hosni Moubarak au pouvoir au Caire depuis 81. Ben Ali à Tunis depuis 87. Hun Sen à Phnom Penh depuis 85. Il est inévitable que ces dates soient rappelées par les journalistes cambodgiens. La réponse est immédiate. Hun Sen met en garde le peuple lors d'un discours à Kampong Cham, et le *Phnom Penh Post* traduit ses propos : *I would like to send you a message that if you provoke or foment a Tunisia-style revolt, I will close the door to beat the dog this time.*

Il vient de promouvoir son fils aîné de trente-trois ans, le général Hun Manet, responsable de la cellule antiterroriste au ministère de la Défense. Sar Sokha, le fils du ministre de l'Intérieur, prend la tête de la police de Phnom Penh. Et le commissaire Maigret semble avoir disparu de la circulation.

Depuis que j'ai emménagé dans cet hôtel du boulevard Monivong, non loin du carrefour avec Charles-de-Gaulle, je l'ai appelé plusieurs fois sans résultats.

En fin de journée, je me rends au Marché russe en compagnie de Mister Liem. Nous nous installons dans le petit café où nous nous rencontrions. Personne ne semble même se souvenir du commissaire, de son cartable, de la petite sacoche de son flingue, de son carnet de nombres, ni de son goût pour le whisky-soda. Mister Liem me conseille d'en rester là. On n'enquête pas sur la disparition d'un policier, dont à vrai dire je n'ai jamais vraiment connu les fonctions ni le grade.

Aucune activité n'est ici plus lucrative ni plus dangereuse que celle de la police. Il faut dans ces carrières la vitesse et l'intelligence du tigre du Grand-Mékong. On conçoit mal le parcours labyrinthique qui a pu amener l'ancien chef de la police de Phnom Penh, Heng Pov, à accuser Hun Sen, dont il fut le conseiller, d'assassinats politiques, à l'impliquer dans l'attentat à la grenade contre une manifestation de l'opposition, dans le meurtre de sa maîtresse la chanteuse Piseth Pilika. Celui-là pourtant avait préparé ses arrières, sa tanière, obtenu, avant de lancer sa bombe, l'asile politique en Finlande, où sa famille l'avait précédé.

Sur le chemin de l'exil, il fait halte en Malaisie en juillet 2006, subit une intervention chirurgicale sur le moignon d'une jambe perdue dix ans plus tôt. Quelques heures avant son départ pour Helsinki, la police de Kuala Lumpur le remet à un groupe de nervis envoyé de Phnom Penh, qui l'embarque de force à bord d'un jet privé. Seule la Finlande émet une protestation, à laquelle Khieu Thakvika, porte-parole du ministère des Affaires étrangères, répond en souriant : « Le Cambodge dispose de nombreux criminels que nous pouvons lui expédier à la place de Heng Pov ». La traque avait été menée par Hok Lundy, à son tour chef de la police.

Celui-là est mort il y a deux ans dans un accident d'hélicoptère.

À l'issue d'un procès moins médiatique que celui des Khmers rouges, Heng Pov, quinquagénaire, accusé d'extorsion, de meurtres et d'enlèvements, est condamné à quatre-vingt-dix ans de prison. Il vient d'écrire du fond de sa cellule un livre à la gloire de Hun Sen, *Stratégie pour éteindre la guerre au Cambodge*.

Le très vieux magicien Sihanouk semble faire preuve lui-même de peu d'optimisme. Pendant la magnifique révolution khmère rouge, il a perdu cinq de ses enfants et quatorze de ses petits-enfants. Ses archives personnelles, envoyées en France, étaient accompagnées d'un courrier : « Il m'est impossible de les faire conserver à l'intérieur du Cambodge pour servir la cause de l'histoire de mon pays, car ce dernier est, et sera toujours, susceptible de changer de régimes politiques et idéologiques. » Peut-être Maigret est-il plus prudent que Heng Pov, plus discret. Peut-être est-il muté en province. Ou bien il a fui après avoir arrondi son magot dans une agence de la Western Union. Une étape dans la cabane sur pilotis de son ami le Viking à la frontière birmane, reprenant leurs vieilles histoires de l'aviation et des camps de réfugiés, et il s'est évaporé.

un projet de révolution à Bangkok

Il y a autant de naufrages qu'il y a d'hommes.

Conrad

On pourrait les oublier, les Khmers rouges. Qu'ils crèvent dans leurs cellules climatisées. Un ou deux millions de morts en quatre ans. Pas même le record du siècle. Six millions dans les camps nazis. Vingt au goulag. Cinquante peut-être dans la Chine de Mao. J'ai repris mes habitudes à Sukhumvit. Mes archives sont disposées à angles droits sur le bureau, les livres, les vieux journaux. Les Chemises rouges continuent de manifester, exigent la libération de leurs leaders. Les Chemises jaunes veulent déclarer la guerre au Cambodge. Hun Sen vient de faire de Thaksin Shinawatra, le chef invisible des Chemises rouges, l'homme au passeport nicaraguayen, son conseiller économique.

À quelques rues d'ici, un vieux Cambodgien tremblait comme une feuille. C'était il y a deux ans. J'étais assis sous une espèce de varangue, à la terrasse de ce vieillard maigre comme un clou tordu, à tout petits pas sur ses sandales en feutre pour déposer sur la table mouillée et le *Bangkok Post* mouillé un bol de crabe et du riz.

Nous avions vu surgir les Chemises rouges, diables hurleurs vociférant sous l'orage. C'était avant les morts sur les trottoirs. Les rafales d'armes automatiques. La ferveur était intacte et le moral d'acier. Les éclairs craquaient dans le crépuscule violet et le vieux plié en deux tremblait de tous ses membres. Je me demandais s'il était né de ce côté-ci de la frontière. S'il avait connu les horreurs de Phnom Penh. S'il avait été tortionnaire ou torturé. Quelles images défilaient au fond du vieux cerveau. Les danses des apsaras aux attaches délicates ruisselantes d'or et de pierreries ou le craquement des os sous la cognée des bourreaux de l'Angkar.

Et il m'était apparu ce soir-là, silencieux tous les deux, à un léger haussement d'épaules du vieillard après le passage des hordes rouges sous la pluie battante, alors que nos regards s'étaient croisés, qu'il retrouvait son calme, posait deux petits verres d'alcool de riz sur la table, que nous pouvions souscrire ensemble à ce principe selon lequel, s'agissant de nos contemporains, dès lors que nous ne sommes ni emprisonnés, ni déportés, ni réduits en esclavage, ni suppliciés, il n'y a décidément rien à leur reprocher.

remerciements

à tous ceux qui ont soutenu ce projet, à Phoeung Kompheak en premier lieu, pour m'avoir mis en relation avec les écrivains cambodgiens, avoir rassemblé un panorama de cette littérature qui paraîtra en édition bilingue à la Maison des écrivains étrangers et des traducteurs. Certains viendront en France à cette occasion et parmi eux Soth Polin je l'espère, dont j'ai retrouvé la trace en Californie. Son roman *L'Anarchiste*, dont je cite quelques phrases, introuvable depuis trente ans, sera réédité à cette occasion dans « La Petite Vermillon » de La Table ronde et j'en remercie Alice Déon. Merci à Jean Rolin de son amical conseil. Merci à l'Institut français, à Paul de Sinety ainsi qu'aux diplomates en poste à Phnom Penh. Merci enfin à Pierre Gillette, fondateur de *Cambodge Soir*, qui a bien voulu lire un premier état de ce livre et me confier ses remarques.

table

RÉALISATION : NORD COMPO À VILLENEUVE-D'ASCQ
IMPRESSION : CPI BRODARD ET TAUPIN À LA FLÈCHE
DÉPÔT LÉGAL : AOÛT 2012. N° 108804-3 (70631)
IMPRIMÉ EN FRANCE